文庫JA
0〉

ファンタジスタドール イヴ

野﨑まど

早川書房

7243

目次

ファンタジスタドール イヴ

はしがき

私は、その三枚の印刷物を見ました。一枚目は、何やら数式と、計算式が数行と、そして最後に、化学式のようなものが書いてありました。私自身、理系の大学を出ていたので、読み解けないだろうかと、少しだけ挑戦してみましたが、その短い計算は、素人目にもかなり高度で、学校を出てからほとんど何も勉強してこなかった私は、すぐに諦めてしまいました。ただ一つだけ、最後の式だけは、一応読み方がわかったつもりなのですが、しかし、それでも首を傾げました。

H＋I＝H＋二三〇MeV

Hが水素であること、二三〇メガエレクトロンボルトは力の量であることは、調べてすぐにわかったのですが、Iがわかりませんでした。元素のIはヨウ素ですが、水素とヨウ素が反応してエネルギーが生まれるなどという反応は、これまで一度も聞いたことがありませんし、なによりそのヨウ素が消えてなくなっているのが、よくわかりませんでした。その紙の端の方に、思い出したように一言だけ、〈I＝真空の角度〉と記されていましたが、その留め書きの意味もまた、私にはわかりませんでした。

二枚目に印刷されていたのは、集合写真でした。どこかの病院、もしくは企業の研究所、とでも言いましょうか、背後には白く大きな建物が見え、その庭のような場所で、白衣を着た男性が、数十人も、ずらりと並んでいました。そう、男性。よく見れば白衣の人達は、歳の頃はばらばら、また肌の色や顔立ちから、人種も多様であることがすぐにわかったのですが、なぜかその全員が、男性であったのです。しかし、その最前列の中央に、たった一人だけ、白衣ではなく、男性でもない、美しいドレスで着飾った、少女の姿がありました。いえ、その子を、少女と言ってもいいのか、私にはわかりません。引いた集合写真で、大写しでなかったので、くわしくまでは見取れませんでしたが、もし仮に寄った写真であったとしても、私はその少女を、少女と言い切れた自信がないのです。その少女、女性は、最初に目にした時には十歳ほどに見え、しかしよくよく見れば二十歳ほどにも見え、三度見直せば三十路にも思えるような、そういう、なんというか、全ての年頃の女性を一人に合わせたような、奇妙な印象を持つ少女でした。ですが、何より奇妙だったことに、その少女は、たとえどんな歳の頃に見えたとしても、その歳の女性として、たまらなく魅力的で、美しかったのです。彼女の着ていたドレスは見るやに豪奢で、着る人間を選ぶような着物であったのですが、その写真の少女は、たとえどんな年齢に見えたとしても、その主張のはげしい着物を、自分のためだけに誂えられた服であるように、簡単に、しかしこれ以上無く見事に着こなしてしまっていたのです。私はその、人間としての度を越してしまったような美しさを見せる少女に、魅力を通り越して、なんだかこの世のものとは思えぬような、ある種の気味悪さすら感じたのです。

三枚目の画像を、私は忘れることができません。そこに写っていたのは、女性の、裸でした。なにやら目盛の振られた白い壁、前に立つ全裸の女性、写真の枠で切れてしまって、顔は写っていませんでしたが、上は首から、下は足首まで、直立する女性の裸でした。見た時、私は反射的に、集合写真に写っていた少女を思い出しました。顔や髪が見えないので、本人かはわかりませんし、むこうでは分厚いドレスを着ていたので、体型も見取れませんでしたが、背丈だけは、そう変わりなく思えましたし、何より、その裸からは、集合写真の少女から感じた、いいえ、それを超えるほどの、異様がありました。写真は二枚目よりも大分寄っていましたので、私はその裸をよくよく観察できたのですが、あまり大きくはない胸、太くはなく細すぎもしない腰、無毛の陰部、迷いなく伸びた足、それらを見て私は、ああ、合っている、と思ったのです。何が、何と合っているのかはわかりません。ですが、とにかく、合っていると思ったのです。そうしたら、同じ女性である私は、なぜか私自身の体の方が、間違っているような気がしてきてしまったのです。いや、と頭を振り、冷静に考え直して、体というものに元々正誤などないと、まったく正しい理屈を思い出しますが、けれど、もう一遍だけ写真を見ると、その感覚がじわりとよみがえって、あんまりにも居た堪れなくなって、写真が印刷された紙を、四つにたたんでしまいました。

その時の感覚は、今思い出しても、とても気持ちのいいものとは言えませんし、できることならば、避けて通りたいものに違いないのですが、けれど私は、それから幾度と無く、机にしまい込んだ紙を取り出して、開きました。その度に、気詰まりになり、またしまうのですが、そこにはやはり、何度でも見たくなってしまうような不思議な魅力、同性の私をも惹きつけて止まない、たまらぬ何かが、間違いなくあったのです。

第一の力

それは、乳房であった。

幼少の頃、私はごく普通の、どこにでもいる男子であった。私は神戸の、裕福だと言って差し支えない家庭に生まれた。父は、貿易の会社を営んでいた。経営は順調らしく、家には余裕ある暮らしができるだけのお金があった。その代わりというわけではないのかもしれないが、母が居なかった。仕事にかまけた父は、そういった先人達の例に漏れず、家庭を蔑(ないがし)ろにし、母は嫌気を差して出ていった。親権は経済的に余裕のあった父に渡り、私はそれから父子家庭の子供となった。

母が出ていってから、父は大きく心を変え、家庭を顧みるようになった。何事も理詰めで考える型だった父は、家庭というものを上手く運営できなかった自分をまたも理詰めで正そうと考え、それからというもの、子育てに献身的な男を演じた。それ自体は、社会的には望むべき変化だったと今なら思うのだが、まだ子供だった私はそれに対して、さほどの感謝を払うでもなく、父が家に居ることが多くなった、声を掛けてくる回数が増えた、程度のことしかおもっていなかった。

父は、私に、たくさんのものを買い与えた。また、私を遊びに連れ出すことも増えた。休日はほうぼうに連れて行かれ、長い休みには旅行に出た。貿易の仕事をしていた父は、元々海外に行く機会は多く、私は時に仕事のお供に、時に単なる観光旅行にと、主に会社の取引が多かったヨーロッパの国々を、父と二人で回った。

六つになった時の頃。私は、父と共にフランスを訪れていた。フランスに来たのは二度目だった。前の時はエッフェル塔や凱旋門を見たな、今回は美術館を回ろうか、と父が言った。本当のことを言えば、外を走り回りたいような年頃だった私には、美術館は少し退屈な場所であったのだが、日本から遠い旅先で、父の方針に嫌や文句を言って機嫌を損ねた時のことを恐れた私は、美術館に行きたいです、と、子供のいやらしい打算と気遣いに塗れた答えを返した。

連れて行かれたのは、世界で最も有名な美術館、ルーヴルだった。初めて見たルーヴルの建物は、大きく、荘厳であり、父はその素晴らしい建築を絶賛した。私もその大きさには素直に驚いたが、その大きいという事実が、良いということと同義であるのかどうかで少し悩んだ。もちろん父には言わなかった。

美術館の中もまた、途方もなく広かった。私は父と一緒に展示物を順番に眺めた。絵画は、抽象的なものより写実的なものの方が面白かった。またそれよりもカンバスのサイズが大きいものが面白かった。そして絵画よりも、彫刻などの立体物の方が面白かった。それは今思えば、美術の持つ〈美〉という何かを全く感じられなかった子供の私が、展示物を単に博物、珍しいもの、凄いものとして眺めていたからであって、写実画を好んだのは単に技工の凄みを見ていたからだし、彫刻を好んだのは玩具を好むのと同じベクトルの嗜好だった。美術作品の背景にあるだろう、歴史や人の営みを想像できなかった子供の私には、なるべく具体的な形で凄さを示してもらえなければ、心が動かなかったのである。

そうして一時間半も回ったところで、父は疲れたと言って、館内の休憩所に腰を下ろした。まだ元気だった私が、一人で見て回って来ても良いですかと聞くと、父は、この部屋と隣の部屋までなら良いと言った。私は言われた通りに今の部屋の展示物を眺め、次いで隣に足を運んだ。

そこで私は、一際に人を集める、一体の彫像を見た。

った。それは女神アフロディテを象った、腕のない彫刻、かの有名なミロのヴィーナスであった。大理石で作られた白身の女性像、片腕は二の腕の中程で折れ、もう片腕は肩から失われている。下半身は腰巻布を纏っているが、上半身を隠すものはなく、髪を結った女神の裸体が顕だった。

その時小さかった私は、やはり他の普通の子供達と同じように、周りから逸脱したり、普通でなくなるようなことを本能的に恐れていて、女性の裸というようないやらしいものを、喜んだりしてはいけないと思っていた。だからそのヴィーナス像がどんなに高名で、公明で、誰もが評価する世界的な芸術品であるとしても、子供の私にとってはいやらしいアイテムでしかなく、これをまじまじと眺めてはいけない、そんなことをしたら自分はいやらしい子供として人から浮いてしまうし、父にも怒られるかもしれないと、理性が鑑賞を拒んでいた。私はミロのヴィーナスを、眺めてはいけないはずだった。

だが、私は、それに強く魅入られた。

裸身の像の近くまで来た私は、たった今述べたような逡巡を一瞬で失い、ただただその裸体を眺めていた。その石像の顔立ちはもちろん名作という評価に違わず美しかったし、整っていたのだが、私の目は顔から離れ、首、そして肩へ続く筋肉の流れを追った。その曲線は、なんとも表現しがたい、だけれどとても良いものに違いないという、何かの真実に触れたような感覚を呼んだ。

そして私の目は、彼女の乳房へと届いた。

乳房。二つの乳房があった。ミロのヴィーナスの乳房は、漫画のキャラクタや、テレビで見る水着の女性の持つような、ボールのように大きくて扇情的な乳房ではなく、控えめで、大人しい、小さな二つの小山だった。小山の上には乳頭が見えた。私はその立体を、もっと正確に確かめたくて、彫像の横に回った。正面から見ていた乳房は、見る角度が変わるに連れて次第に盛り上がり、背景のぼけた空間の上で、滑らかな輪郭を明確に見せた。そのゲシュタルトは、私の目から脳に染み入って、頭を麻痺させていった。

そう。形である。

言うまでもなくヴィーナスの乳房は、石像の乳房、彫刻の乳房であって、実際の乳房とは全く違うもののはずだ。乳房は肉と脂でできている。目の前の石像の乳房は石、大理石でできていて、質という点では全くの別物である。また色も違う。石を彫り出したままの石像の乳房は、白い、石の色だった。だから、唯一本物の乳房と同じ部分があるとすれば、それは、輪郭。立体。つまり、形であった。ヴィーナスの乳房は、その形だけが、実際の女性の体と同じだった。

けれど、その、形だけですら、私の心を完膚なきまでのすには十分だった。

私は食い入るように、彼女の乳房を眺め続けた。完成された曲線、体の平坦な線の途中に突如として現れた起伏、その膨らみの上に小さく、しかし確固として主張された乳頭、二つの並び、作り出す影、その全てに興奮した。私はその時、ミロのヴィーナスの失われた二本の腕が、どんな形だったのかを知った。彼女の腕は、自らの胸を隠していたのだろう。両の腕で胸を覆い、恥ずかしいのだ、見られたくないのだと言っていたはずだ。だが、だからこそ、二本の腕は失われたのだと解った。この胸を隠すという、大罪。やってはならない行為に及んだ罰として、彼女の腕は失われたのだ。彼女の体がただ、ただ素晴らしいものだという、原罪の因果によって。

私は、名も知らぬ外国の神が、彼女の覆いを取り払ってくれたことに感謝しながら、その裸を目に焼き付けた。しばらくして父が来て、次に行こうと促したが、私はその場を動こうとしなかった。

「太子(たいし)、おい、行こう」

私は座り込んだ。あれほど父の機嫌を損ねるのを恐れ、父に逆らうことなど微塵も考えなかった私が、その時はじめて父に反抗した。引っ張られて、感情を顕に叫び、子供らしく泣き喚いた。恥も外聞もあったものでないが、あの時の私に人の目を気にする余裕などなかった。ヴィーナスの前に居続けられるならば、どんな辱めにも耐えられると思えた。結局父が折れ、私はそれから数時間、ミロのヴィーナスの体を眺め続けた。宿に戻ってからも、私は放心したようになり、旅の間中、ずっと浮かんだような心地であった。心配した父は、帰国後に私を病院に連れていったが、特に問題はないという診断で終わり、私もまた自ら、普段通りの生活に戻っていった。あのルーヴル以来、私は父とぶつかり合うことはなく、あれが私の、最初で最後の反抗となった。それを機にして、父とは、ほんの僅かに疎遠となった。疎遠と言っても親と子で、一親等の家族であり、同じ家に暮らす以上は離れる幅にも限度はあるのだが、それでもあの旅での出来事を境として、父はそれまで百パーセント理解できていると思っていた自分の息子の、理解の及ばない心の部分を目にして少なからず戸惑い、そしてまた私も、父のそんな戸惑いを嗅ぎ分け、お互いに、一歩ずつ引いた。その後、父の仕事は俄に忙しくなり、私を遊びや旅行に連れて行く回数が、多少、ほんの二割ほど減った。それは仕事の景気に因った偶然なのか、それともその疎遠が呼んだものなのか、今となってはわからない。

その頃、家の中に、手伝いの人足が増えた。父子家庭となった我が家には、以前から掃除や洗濯、料理をしてくれる家事手伝いが週に何回か来ていたが、父の仕事が増えてきたこともあって、住み込みの人間を幾人か入れることになった。商いで一財を成していた実家は、広い庭に本邸とは別の離れが二つと、大きな蔵まで擁するような豪邸で、親子一組で住むには余剰ばかりの家だったので、住み込みの人間が入ることはむしろ自然であった。雇うのに合わせて離れの一つが改装されて使用人の寮となり、男一人、女二人、そこに住まうことになった。男の使用人は、壮年の、寡黙な人間で、必要なこと以外は喋らなかったが、よく働いた。庭の木に延々と鋏を入れている姿を今も覚えている。女中の一人はよく太った叔母さんで、こちらはぺらぺらと喋り、私に対しても色々と世話を焼いた。少し話題が俗で、たまに、わずかに品の悪い笑いを浮かべることもあったが、あえて貶めるほどの悪癖でもなく、大筋で良い人間なのは間違いなかった。またもう一人の女中は、二十四、五の若い女であったが、この女中は根が暗いのか、あまり笑うことがなく、私にも殆ど構わずに黙々と家の中の仕事をしていた。

私は、この三人の使用人と、ほぼ接点なく過ごしていた。小さかった私にとって、家の中に家族以外の人間がいるのは、少なからずストレスであったのは間違いないが、同時に、この三人は父に雇われた人間であり、ならば息子である私もまた三人にとっては雇い主、上司、そのような気持ちでいいのだという思考に至った。私はその思想を拠り所として、家の中を闊歩する大人に対して過度にストレスをためないように努めていた。たとえば猫の群れに鼠が放り込まれれば、それは大変な心労だろうが、その猫が全て鼠の飼い猫だと思ってしまえば、自分を獲って喰らう猛獣に対しても対等以上の心持ちで接することもできる。その心持ちは、子供であった私が、見知らぬ大人に囲まれて生きるための、やむない防衛策であった。

そんな気持ちでいると、次第に自分の中で、三人の間に位のようなものが生まれて順位付けされた。男の使用人は話しかけてこないので好きだった。だが大人の男、というだけで、自分にとって、なんだか勝ち目のない生き物と相対しているような気になってしまい、抵抗があるのは間違いなかった。逆に女中の叔母さんは、盛んに話しかけてくるので苦手であった。叔母さんとはあまり会いたくなかった。有り体に言えば嫌いだった。

そうなると、自然と、若い女中の位が下がっていった。若い女中は自分より生き物として弱そうで（実際には子供の私と大人の彼女では、そんなことはなかったのだろうが）、尚且つ殆ど喋らない陰鬱な彼女は、心の面にも自分より弱いのではないかと思えた。身体的にも、精神的にも、自分より下なのは若い女中であると認識した私は、それによって過度に偉そうに振舞ったりすることはなかったが、あくまで自分の心の中だけで、男、叔母さん、若い女中という順位を付けて、そして安心を得た。男と叔母さんとはあまり交流せぬように気をつけ、何か用事があれば、なるべく若い女中に頼むようにした。

夏の夕方、私が自室で、夏休みの課題のドリルに取り組んでいると、ペンシルの芯が切れた。家の中には買い置きがあるだろう、なければ買いに行ってもらおうと考え、使用人を探した。男は用事で出ているらしくて姿が見えず、叔母さんは夕食の支度をしていた。私は自然の成り行きで若い女中を探した。ただ、男と叔母さんの手が空いていないからというのも、今思えばエクスキウズでしかなく、結局私が用事を言いつけられるのは、若い女中しか居なかったのだろうと思う。

本邸の中で女中を見つけられなかった私は、使用人の寮へと足を向けた。玄関から二階へと上がり、女中の部屋の戸を叩いた。はぁい、という声が返ったので、私は何の衒いもなく、ノブを回して扉を開けた。だが、それが痛恨の失敗で、若い女中は着替えの最中であった。家事手伝い用に支給されていた、メイドの着るようなワンピイス、その背中のジッパを下げ、肩と背の一部を出し、まさに今服を脱がんとする瞬間であった。女中ははっとして振り返った。目が合って、私は狼狽した。その女中が、いくら下に見ている人間であったとしても、脱衣の最中に部屋に入ってしまうという失礼と、そして同時に、意図しない女性の肌を偶然とはいえ無理に見てしまったという事実、その罪悪感と羞恥心とがないまぜになって押し寄せて、私は途方もなく混乱して立ち尽くした。謝ることも、戸を閉めることもできず、ただただ止まった。何をしても間違っているような気がした。私はもう踏み外してしまったのであり、そこから先のことについては、失敗した自分には権利がないのだと思ったのだ。だから私はひたすら身を固め、女中に怒られるか、嫌がられるか、叫ばれるか、その判決を、死罪に値する罪を犯した罪人のごとき心持ちで待った。だが女中は、その判決を下さぬまま、服を抑えて立ち上がり、歩み寄ってきて、私を中に入れてドアを閉めた。彼女は何も言わぬまま戻り、寝台に腰を下ろして、私を見遣り、こう呟いた。

「おいで」

私は、怯えた。その言葉は、私の想像の埒外にあるものであった。だが、その場において何かを決める立場にあったのは、紛れもなく女中であり、私は従うしかなく、彼女の前に呼び寄せられた。女中は脱ぎかけだったワンピイスの袖を抜き、下着をつけた上半身を顕にした。更に狼狽する私の顔を見て、女中は、なんと、笑みを浮かべた。

私はあの顔を忘れない。

それは女の笑みであった。女という存在、女という精神からしか生み出されない、男には絶対に作り得ない目つき。口つき。私は純粋に恐怖した。女とは、こんなにも恐ろしいものなのかと思った。今すぐに走り出して、その場から逃げ出し、女の居ない世界に行きたいと切望した。だが、それはできなかった。なぜならその時の私の心には、その女が用意した、虎鋏のように強固な罠が食い込んでいたからだ。

眼前の胸。

「見たいの？」

女はまたも猥褻な顔つきで言った。

今ならば、上手く説明できるかもしれない。あの時の私の心は、女中の行為に因って、二つに乖離していた。一つの私は、女中の〈心〉を恐れていた。女というものを滲ませる表情、子供の私に対して発露されたいやらしい稚気、そんな彼女の持つ〈女性の精神〉を、私は恐れ、怯えていた。そして同時に、もう一つの私は、彼女の〈体〉に強烈に縛られていた。色の薄い肌、未だ下着に隠されたままの胸、そういった物体的な現象に、男であった私の脳は、何か怪しげな薬を吸わされたかのように、陶酔的な麻痺状態に陥っていたのである。恐怖心と欲望の鬩ぎ合い。両側から体を綱で引っ張られるような、本能と本能の葛藤の時間を経て、私は女中の質問に対して、小さく一つ頷いた。

それからの、淫靡な日々。

私は女中との間に秘密を持った。夏の、学校が休みとなっている間、幾度も使用人の寮を訪れて、女中の部屋に行った。彼女は稚気を溢れさせて私をからかった。それは性交などと言うような、きちんと纏まった、揺るぎない形のあるものではなく、子供の私と、歳は経ていてもまだまだ大人として成熟していなかった女中という、二人の子供による悪巫山戯でしかなかった。その不埒な遊戯の時間に、女中は幾度と無く、あの顔を覗かせた。私はその度に彼女を嫌悪したが、一方で、彼女が悪戯に見せる肩や、足や、そういった場所の誘惑を乗り越えることなどできず、終ぞ自分から、その不健全な密会を終わらせることはできなかった。

だがそのおどろおどろしい密会も、夏が過ぎる前には消えた。女中が私を部屋に招き入れていることが、いつしか叔母さんのお手伝いの知るところとなり、そこからすぐに父に伝わって、若い女中は首になった。父は私を責めることはなく、居なくなった女中ばかりを罵っていた。醜悪な女だ、汚らわしい人間だと、執拗に女中を貶めた。

私自身はといえば、あの密会はあくまで二人の側から作られたものであることを理解していたし、悪戯をかけてきた女中を、一方的に責める気にはならなかった。もちろん彼女のしていたこと、何も知らぬ子供に対するあのような行いは、人間として最も恥ずべき行為の一つであるし、幼児の精神にとっては残酷な責苦となることを、現在の私は理解している。私もまた、女中の行為によって、酷く深い傷を、精神の奥深くに付けられた。

だが今、思うことがある。

彼女が私に付けたのは、私をいつまでも燻り苦しめるような、忌まわしい傷の類ではなく、むしろ知っていた方が良い、人生の中で知らなければならない、この世の真実のようなものだったのではないかと。

私が彼女から教わったこと、それは、女性という存在の、その心持ちの有り様とは全く乖離した、女性という物理的な実体の、抗い難い魅力について。

つまり、女性の体の素晴らしさに他ならなかった。

第二の力

　自宅からほど近い所に、赤茶けた煉瓦の高い塀に囲まれ、モダンな造りの黒い門扉を構えた、建物から既にして富裕の雰囲気を滲ませる一角がある。私はその、お金持ちの子供しか入れない、私立の小学校に通っていた。

　私立の学校だけあって、生徒の数は少なく、しかし敷地はやたらと広かった。そこに通う子供達は、お互いがお互いを裕福な家庭の子だと認識し、また同時に、その裕福度合いには差が存在することも正しく理解していた。子供達はやっと十を数えたような歳の頃から、あの子は自分より裕福だろうか、あの子はどうだろうかと、お互いの腹をさぐり合いながら、表面的には忌憚のない友人の交流を保ち続けるという暮らしを送っていた。今思えばあれは、金のある家に生まれた彼らにとっての、将来の生活の縮図であったのだろう。小学校はそれの訓練の場で、そういう点では教育現場として、正しく機能していたのだと思う。

私は小学校の六年になっていた。それほどの歳にもなると、精神も相応に成熟してくるもので、幼い日に美術館で見せたような動転などは見る影もなくなり、それどころか元々頭が多少回った私は、学級の中でも一番できる方の、所謂「賢い子供」としての地位を確立していた。もちろん、その精神の根底には、今もまだ根強く残る暗晦な性質が在り続けていたのだが、十二の私はそれを隠すすべをもう身につけていて、親や教師、級友程度ならば、欺くのにさほどの苦はなかった。また、そういう風に暮らすうちに、自身もいつしか過去の記憶を薄れさせて、それこそ何の因果も持たぬ普通の子供として、他愛のない日々を送っていた。

またこの頃には、経験の不足から来る人間の未確定さのようなものはもうかなり失われて、こういった物が好き、こういった性状は嫌い、というような、自身の個性と呼べるものが順当に育まれつつあった。

学校の勉強では、私は算数と理科が好きだった。それはまあ、子供の趣向としては、ある種のテンプレイトとも言えるようなもので、算数も理科も、明確な解が出ることが心地良かった。逆に国語や社会という科目は、人の書いた物語や、人の作った世の仕組みなどの勉強であって、だから答えがなんだか曖昧で、明確な基盤の上に立っていないような、柔らかい感じのものに思えた。今ならば、その柔らかさが持つ価値を認めたり、また好ましく思うこともできる。しかし十二の私には、その水面に浮いた水草のような座りの悪さが、良くないものにしか思えなかった。

ちょうどその頃、学級の中で、あるクラスメイトと話すようになった。

その児童は入鹿(いるか)と言った。入鹿は、背のひょろ高い女子だった。手足がナナフシみたいに細長くて、女子であるのに学級で一番背が高かった。また入鹿は言葉遣いが聡く、勉強も人並み以上によくできて、その身長と相まって、まるで自分達より一つか二つ歳上なのでないかと思うくらいに、大人びた子供であった。ただ、入鹿の顔は、世辞にも美人ではなかった。頬にはそばかすが目立っていて、同じ学級の女子達が背伸びした化粧っけを出し始める中で、そういうのは苦手だと言って、面瘡の顔のままで暮らしていた。

私と入鹿が初めてお互いを明確に感じたのは、理科の試験が返却された時だった。その試験では、理科の教諭が茶目っ気を出し、自分がどこからか仕入れてきた、新しく発見されたばかりの高度な科学の知識を、試験に一問だけ挿し入れていた。小学校の理科の試験などというものは、授業で一度習ったことが覚えられているかを確かめるだけの行為であって、当然ながらそんな高度な問題に答えられる子供はいなかったのだが、偶々に、その教諭が情報を仕入れたのと同じニュースを見ていたのが、私と入鹿であった。試験の返却時、私と入鹿の二人だけが丸をもらったのを、教諭は皆の前で言った。その教諭は甚く感心しながら、

「大兄（おおえ）と入鹿は、もしかしたら、学者にでもなるかもな」

と、無責任な事を口にした。

それは、その教諭にとっては、心に浮かんだことを大した吟味もせずに口にしただけの、深いところに根ざした根拠を持つような発言ではなかったのだろう。偶然に難問が解けた二人の児童を、軽く労う程度の世辞であったはずだ。だが、その一言は、かけられた側の私の心には、強いインパクトを伴って届いたのである。それまで、ただ算数と理科を好んでいたというだけの私に与えられた「学者」という言葉は、まるでなにか真理めいた、私自身の一つの解答のように、頭の中で聳え立った。ああ僕は、もしかして学者になるのかもしれない、という心持ちが、静かに心を浸した。後年に至って思う。あの日授けられた学者という言葉は、私の人生における、一つの指標となった。またその時、その素晴らしい言葉を、私と同時に与えられた入鹿を、私は強く意識した。それは、たとえば敵愾心のようなものではなく、むしろ仲間意識、いいや、選民意識であっ

た。この学級において学者を目指せるのは二人だけなのだ、私と入鹿はこの十数人の子供の中で一段優れた存在なのだという、それこそ子供らしい、品の無い見下しだった。ただ、誤解を恐れずに言えば、入鹿もまた、少なからず私と同じ気持ちを持っていたように思う。それは私ほど、明確に下卑た気持ちではないにしろ、同じ問題を解いた者同士の、少し変形した共感だったのかもしれない。なんにせよ、私と入鹿は、それを機に学級で言葉を交わす仲となった。

私と入鹿は、男女であった。小学校の時分といえば、男女の間で交流を行うことに対し、気恥ずかしい、いやらしいという意識が強い頃で、大人になってしまえば過敏と思うような、ほんの些細な接触の機微を、人生の重要と考えていたりする。

もちろん私も、その例外ではなかった。一応言っておくが、私は入鹿を、特別に女として見ていたわけではない。自分より頭半分も背が高い入鹿を女性らしくは見られなかったし、何より面貌を好んでいなかった。だからもし仮に、学級の中で入鹿と親しく振る舞い、そのことをからかわれたとしても、痛む懐はなかったのだが、それでも小学校という特殊なコムニティの中の、抗い難い同調圧力に逆らってまで、学級内で入鹿と頻繁に交流しようとは思わなかった。

つまり入鹿との関係は、一緒に遊びに出掛けたり、給食を共に食べたりする、いわゆる普通の友達付き合いではなく、何かの折に軽く言葉を交わす、他の級友にはできない、通じにくいような話をしたい時に声をかけるという、極僅かで、ピンポイントの付き合いに留まった。ただそれは、結果として、私の中における入鹿の地位を高める役割を果たした。私は入鹿を、学校の中では数少ない同レベルの人間であると認識し、たとえば算数、また理科など、勉強事の話題を好んで振った。入鹿は見立ての通り、そういった方の話に聡く答えを返した。時には入鹿の方から、習い事の話や中学進学の話題をもってきて、私達は、親や教諭に話すのは適さず、級友に話すのもそぐわぬような、自分たちの頭に「丁度良い」話を楽しんだ。

「大兄君」

ある日、授業が終わり、帰りの挨拶まで済んだところで、入鹿が私の袖を引いた。私は首を傾げた。まだ周りには児童が沢山残っていて、そんな人目の多い所で、入鹿が私を呼んだことはなかった。私は少しだけ不審に思いながらも、周りの目を気にしつつ、教室を出る入鹿に付いて行った。私達は図書室に入った。入鹿は部屋の奥の、目立たない読書机まで行って、鞄の中から、色の付いた球体を組み合わせたような模型を取り出してみせた。

「分子の模型だよ」

それは、彼女が博物館に行った際に買ってもらったという、分子の充塡構造を表現するためのプラスティックキットであった。

私は目を輝かせてそれを眺めた。言ってしまえば、当時の私には、細密充塡構造も六方充塡構造も、分子の立体的な構造のもちうる本質など、何一つすら理解できてはいなかったのだが、しかし私は、その模型からひしひしと醸し出される空気、言うなればサイエンスの雰囲気とでも言うような、そんなムードにこそ強い魅力を感じていた。それは買ってもらった本人である入鹿も同じであったはずだ。あの時の私達は、そんな不確かな印象、ムードを含めた、非常に繊細な感覚を、二人で共有していた。

私は許可を得て、その模型を組み替えた。面心立方格子から、部品を一つ外して、六方最密充塡構造を組み立てた。

「不思議だねえ」

入鹿は言った。

「私達もこんなふうにできているんだねえ」

「本当かな。本当に、僕らの体も、こんなふうにできているのかな」

「きっと、そうだよ。だって、学者の先生が調べたんだもの」

学者。

その言葉こそ、私と入鹿の間に存在する、一つの価値の具現であった。学ぶ者、学ぶことを生業とする者、この世の裏面に流れる理を看破し、万物の営みの驚異を明かし、そうしてこの、色をつけただけのプラスティックの球体にすら、まるで宝石のごとき輝きと魅力を与え得る、学術の徒、そんな偉大な先人達を想い、憧れた私は、ほんの少しの迷いと躊躇の後に、口を開いて、

「学者になりたい」

と、呟いた。入鹿は、私の言葉を聞いて、「うん、いいよ、とてもいいよ」と言った。それから私と入鹿は、夕暮れになるまで、分子の模型を眺め続けた。同級の子供達には絶対に理解されないだろう、十数個のプラスティック球に宿された揺るぎない価値、それを共有できる、学年で、学校で、たった一人の相手を、私はただただ貴重で、大切な、得難いものであると感じていた。それは、男女の間の気恥ずかしさや照れを易易と超えるような、ひたすら純粋で、プラトニクな、人間関係の理想のようにすら思えたのだ。私と入鹿は間違いなく、かけがえのない友人であった。そしてそんな、宝物のような繋がりを、破壊したのもまた、私だったのである。

当時入鹿は、学校のクラブというものに入っていた。それはバドミントンのクラブで、長身の入鹿は運動にも長け、地区の大会にも出られるような、大分強い選手であったら

しい。ただ、私達の通っていた学校は、所謂金持ちの子息子女ばかりの学校であり、これは今考えてみても大層前時代な価値観だと思うのだが、男子は文武に通じて、社会に貢献する高潔な人物を目指し、そして女子はひたすらに美しく、たおやかで清楚、つまるところ良妻であれという風潮が、暗に存在し続けていた。そのため、多くの女子はクラブを選ぶ際に、文芸や手芸などの、室内で勤しむようなクラブを選択していたし、また運動のクラブに属した際も、六年まで勤め上げるものはほとんど居なかったので、入鹿の入っていたバドミントンクラブもまた、三年、四年のうちに女子の部員は居なくなってしまうのが通例だった。しかし、その頃から大会などで結果を見せていた入鹿の才を勿体無く思った顧問の教諭は、どうか六年まで勤めてくれないかと入鹿に依願し、彼もそれを了承した。結果として、その時期、バドミントンクラブの六年生女子は入鹿一人という状況があった。

ある秋の夕方、私は学校の周りで、男子の友人達と遊んでいた。しばらく遊戯に興じた後、解散する段になってから、私はその日に読んでいた本を学校に忘れてきているのに気付き、皆と別れて、取りに戻った。日暮れも近い校内、人気は少なく、私はお化けや幽霊の類を否応なく想像して、びくびくとしながら自分の教室に行った。机の引き出しで本を見つけ、鞄にしまいこんでいる所で、廊下を歩いて通り過ぎる入鹿の姿が一瞬見えた。学校指定の運動着姿で、どうやらクラブの活動の後のようであった。一瞬のことで声をかけそびれた私は、鞄の口を閉めて、小走りで入鹿の後を追った。入鹿は私に気付かぬまま、校舎の端の、あまり使われていない、特別教室に入っていった。

おや、と思い、私は教室の戸の前で止まった。なにやら、良からぬ予感がし、私は気配を隠した。得体の知れない不安と好奇心半々の心持ちになりながら、しかし子供らしい好奇心が勝り、見つからぬようしゃがみこんで、引き戸をそっとずらし、片目で中を覗きこむと、果たして入鹿は着替えをしていた。誰もいない教室で、運動着の上下を脱ぎ、タオルで体を軽く拭った。後になって知った話だが、入鹿はクラブの更衣室を居心地悪く思っていたらしかった。下級生ばかりの部屋で、六年が一人着替えるのが嫌のようで、それでも通常ならば、上級生の方が精神的に強い立場であるはずなのに、さして気の強い質(たち)ではない入鹿は、人数に勝る下級生の雰囲気が苦手で、自分から別の場所で着替えるようになっていたのである。

入鹿はタオルを置いた。上下の下着のみの、彼女の細長い体が、教室という箱の中に飾ったパペットのように立っていた。私は、いつのまにか口の中一杯に貯まっていた唾液を飲み込もうとして、けれどそれで、巨大な音が立つことを一際に恐れて、口内を不快に思いながら、その美しいパペットを、ひたすらに見つめた。入鹿は私服の上を手に取り、羽織って、袖を通して、ボタンを順番にしめた。そうしてから、スカートを手にしたところで、私ははっとして、しゃがんだ腰を浮かせ、靴底が上がらぬように床の上を滑らせて、小さな物音が一つでも立つことを心底恐れながら、その場を逃げ出した。

その日から私の、誰にも明かせぬ、二面の生活が始まった。表面で、私は入鹿と今まで通りに接した。学級で時たま言葉を交わし、仕入れた科学の談話を発表し合い、進路の事などを語り合った。その一方で、私は入鹿のクラブ活動の予定を調べ、そして活動のある度に、夕方を見計らって、あの場所へと足を運んだ。戸の隙間から彼女の着替えを覗き見し、細い体を凝視した。入鹿の体は、胸こそほとんど起伏が無かったが、艶やかな変化の見え始めた尻と、そこから伸びゆく長い足は、ひたすらに私の心を掻き乱した。そうして入鹿の更衣が終わる寸前まで、淫らな興奮に耽り、また逃げる。その場を離れると、津波のごとき罪悪感が押し寄せ、私は入鹿を裏切っている、私は最低の人間だ、と自己を嫌悪し、しかしまた翌週のクラブ活動の日には、私は衝動を微塵も抑えられずに、不埒を重ねた。ある時、私は父に、靴が小さくなったのです、と訴えて、新しい靴をねだった。店で私が選んだ靴は、底のゴムが柔らかくて足音が静かだという売り文句のものだった。それを手に入れた時、私はあの不届きな犯罪を思い出して興奮すると共に、新しい靴によって身の安全が保たれることを安堵した。だが同時に、そんなものをわざわざ用意してしまった自分を酷く嫌悪して、もう二度と行くまい、この靴は普通の靴として使うのだと、守れもしない誓いを立てては、またそれを破り、自己嫌悪の循環に陥った。結局、私は、入鹿がクラブ活動期間を満了し、バドミントンクラブに行かなくなった一月まで、その犯罪行為を繰り返し続けたのである。

入鹿がクラブ活動に行かなくなったことで、私は、自分では止められなかった醜行を、やっと終わらせることができた。すると、現金なもので、重ねてしまった罪が消えるわけでもないのに、心は軽くなった。一月が過ぎ、そこから三月の卒業までの短い期間、私は後ろ暗いところなく（実際には厳然としてあるのだが、それを忘れて）以前のように入鹿と話ができていた。

入鹿は、市外にある、別の私立の中学校に進学する予定であり、家もそれに合わせて引越しすることが決まっていた。私は、今の小学校から持ち上がりの中学校に行くことになっていたので、私達は卒業と共に離れることが、もうわかっていた。そうして迎えた卒業式の日、私は子供と親でごった返す校庭で、入鹿に声をかけた。私は大切な友人に、向こうでも頑張ってねと伝え、少し気恥ずかしい心を圧して、握手を求めた。入鹿はそれに応えて手を差し出した。彼女の指先が私の手の平に僅かに触れた所で、その手はびくりと震え、入鹿は、私の三本の指の先を、軽くつまんで、握手とした。彼女は、なんだか、歪んだような微笑みを湛えていた。

私は戦慄した。

瞬く間に理解が更新されて、絶望した。入鹿は、気付いていたのである。私の恥ずべき犯罪、数ヶ月にも及んだ汚行を知っていたのである。突如、膝が震え、目の前の景色が傾くような幻に襲われた。地面が無くなり、世界が終わると感じた。

私は苦しんだ。考えるだけで気が狂いそうだった。彼女の更衣を眺めていたのを、すべて知られていたという事実、なのに普段、恥知らずにも平然と話しかけていたこと、サイエンスだ、学者だなどと綺麗事を並べる裏で、動物のように女の体を求めていたのが、当の本人に筒抜けであったという地獄。気の大きくない入鹿は、言えなかったのだろう。私の厭らしい行いを知ってからも、それを告発して学級の問題となったり、卒業の際にして自分を含めた騒ぎが起こるのを恐れたのだろう。だから彼女は、嫌悪すべき淫行に粛々と堪え、自分の心の中に秘め、そのまま去ろうとし、実際にそうした。そのことがまた私を痛烈に苛んだ。大切な友人のか細い心を、無知のまま卑劣に蹂躙した私は、紛う方無く、この世で一番恥ずかしい人間で、下品で、下劣な、下種の極みに他ならず、死ぬしかない、生きているだけで恥なのだと理解され、一刻も早く精神を壊し、発狂してしまいたくなった。

私と入鹿の間には、ほんの少し前まで、素晴らしくアイデアルな関係があったはずだった。お互いを尊敬し合い、尊重し合い、性別を越えて学術の言葉を交換できる、不純物のないピュアな交流が確かにあったはずなのに、私はそれを、下卑た欲望によって台無しにしたのだ。入鹿とはそれから、二度と会うことはなかった。もしもう一度会っていたなら、私はその場で舌を嚙み切っていたかもしれない。

そうして、この一連の事件は、私の心に、堅く、重く、強靭な鎖を掛け、象でも恐竜でも壊せぬような鋼の錠前を咬ませた。それは入鹿の心と体を汚した私に科せられた、一生物の、償いの誓約であった。

そこからの数年、私は、まるで宗教の教義に身を捧げた、聖職者のような生活を送ることとなった。聖職者と言っても、殊更に善性を尊重したり、語り得ぬ不可思議な神を信じて暮らしたのではなく、たった一つの事柄を至上とし、自身のありったけの時間を掛けてそれを全うする暮らしを遵守した。その事柄とは、勉学だった。

入鹿を裏切った罪、汚辱に身を焼かれるような狂おしい地獄、羞恥に焼け爛れた私の苦痛をわずかでも癒せるのは、入鹿との美しかった頃の繫がり、学者になるという、小さな約束だけだった。それを全うしようとする時だけ、私は身勝手にも、自分の犯罪から目を背けることができたのだ。私が生き続けるには、もうそれしかなかったのである。

中学に進み、高校に進んでも、私はそれこそ、狂ったように、勉強だけに打ち込んだ。私を延々と動かし続けたもの、それは、あの日入鹿と二人で見た、プラスティック球に立てた操であった。

第三の力

一

奇妙な言い回しだが、それこそまるで馬鹿のように勉強を続けた私は、その結果の成り行きで、日本一と讃えられる大学に合格し、上京を果たした。

勉学に血道を上げた日々の間に、私が自らの方位として選びとったのは理科、特に物理であった。高校の選択教科の中で、生物や化学よりも物理に傾いた理由は、小さな頃から持っている性状、つまり答えに幅があって不確かなものよりも、計算し易く、割り切り易い、シンプルなものを好んだというのもあったが、やはりそれよりも根底にあったのは、あのプラスティックの模型にかけられた、いわば呪いのようなものであったのだろうと思う。

東京に出てきた私は、下宿生活を始めた。不動産屋に幾つか紹介してもらった中から、小石川の植物園の北辺りの、住宅街の中にある古びたアパードを選んだ。父はもう少し立派な下宿にしたら、小奇麗なマンションでも借りたらどうだと言ったが、学費に加えて仕送りまで出してもらう手前、あまり親の金に寄るのはどうかと思い、安い部屋に落ち着いた。それに、そのアパートは、通り一本挟んで植物園と寄り添っていて、二階の窓を開けると外にもじゃもじゃとした緑が見えて、その景色は少し気に入っていた。

東京に出てみて、最初に驚いたことがある。実家のあった神戸は、そこはそこで十分な都会であり、生活の中で特に不自由を感じたことなどなかったのだが、東京という都市は別格であった。初めて丸の内に出た時、携帯していた通信機器の画面を見ると、電池の残量を示すパーセントの数字がだんだん増えていくという、まるで魔術のようなものを目の当たりにして興奮したのを覚えている。それは今でこそ中小の市街にも普及したが、当時はまだ東京、大阪などの大都市でしか見られなかった先駆のインフラストラクチュア、非接触電力送電技術、世に言う〈テスラシステム〉であった。東京では二次元通信装置、サーフェイスLANが、都心部の全域、都下でも八割の地域に配備されていて、情報通信網はもちろんのこと、エバネッセント波を利用した無線電力供給網が街中を覆っていたのである。そういった技術が存在することは知識として持ってはいたのだが、私はそれまで誤解をしていて、サーフェイスLANシステムの表面に機器を寄せでもしないと、電力供給は受けられないものだと思い込んでいた。しかし通信シートの網構造密度を上げれば導電距離を伸ばすことができることを、上京してから初めて知ったのだった。エネルギーの可送距離は、当時の段階でも半径数メートルまで伸びており、街の中でならば、もはや電気の途絶える場所など一切ないような状態であった。そんな先駆技術を目の当たりにした後に、自分の古びた下宿に帰って、置いておくだけで電池が減っていくという、それまで当たり前だった状態が酷く物悲しく見えたのが、上京して最初の思い出となった。

大学でも、私は中高の頃と変わらず、勉強の虫として過ごした。特にサークルなどの課外活動に入ることも無く、新しくできた知人とも必要最低限の付き合いに終始し、そうして一般教養を終えて、三年になり、研究室へと進んだ。

その研究室で、私は、ある同期の学生と知り合いになった。

男は、笠野志太郎（かさのしたろう）といった。笠野は、私より三つ歳上だったが、浪人二回、留年一回を経て、私と同年次となっている人物だった。

最初に研究室で顔を合わせた時、なんだか汚い男だな、と思った。その日は新しく入室した室生の顔合わせであったのに、笠野は寝たままの服で学校にきたような、よれよれとした格好だった。

「ほほう、君が大兄か。あの有名な」

晩に行われた、新人を歓迎する飲みの席で、私の隣に座った笠野は馴れ馴れしく言った。有名、というのは少し言葉が違っていて、当時の私はといえば、ほとんど友人関係もないままに延々と勉強をしている「変わった学生」ということで顔を知られていたのであり、いうなれば悪目立ちしていたのであり、私は笠野を知らなかったが、笠野は私を以前から知っていたようだった。

「勉強勉強、気が触れたように勉強してる奴がいるなと思っていたんだ」

彼はビールをがぶがぶと飲みながら、盛んに話しかけてきた。

「なあ、そんなに勉強が楽しいのかい。俺は学校に入るまでに二年も勉強させられて、入ってからも一年多く勉強させられているが、面白いと感じたことなど、ほとんど一遍もないなあ」

私は最初、別に聞かなくてもいい話だと思って受け流していたのだが、大層な勢いで飲み続ける笠野につられたのか、いつの間にか自分も飲みつけぬ酒を三杯程いっていて、少し気が軽くなっていた。

「勉強は、それは、面白いですよ」

「わかった！　勉強は面白い！　だけどな、世の中にはな、勉強より面白いことがごまんとあるわけだ。お前がそれを知った上で勉強してるというなら俺は何も言わん。だけどお前、知らないだろう。それはなあ、勉強不足ってもんですよ」

酔っていた私は、笠野のそんな言い回しに、なんだか妙な説得力を感じた。それは翌朝には頭痛に負けて霧消される程度の世迷言であったのだが、ともあれ、これを境として、私と笠野の交流が始まった。

当初、私は笠野をあまり好ましく思ってはいなかった。彼はずぼらで、研究室の仕事も終始において大雑把に済ませ、また身嗜みに気を配らない男で、二、三日は同じ服でも気にしなかったが、しかしなぜか笠野には、それを単純に不潔と感じさせない奇妙な愛嬌のようなものがあって、先輩の女史なども、「明日は着替えてきてよ」などと笑って注意していた。陽気に喋る笠野は女性からもよくもてて、黙々と勉強だけしている私とは対極にいる男だった。そんな、大学に遊びに来ているような笠野を、私は内心で軽蔑していた。しかし笠野は、数人居た同期の中で、何故か私のことを気に入ったようで、積極的に話しかけてくるようになった。

同期となると、実験なり、雑務なりの用事で、頻繁に話をする必要が出てくるのだが、

笠野は私が研究室で要件を話そうとすると、あまり真面目に取り合わずに、

「よし、飲みにいこう」

と、事ある毎に私を酒に誘うのだった。私は酒が好きではなく、できることならば飲みたくない人間であったのだが、かといって用事がある以上話さないわけにもいかず、結局渋々と飲み屋に付き合った。飲んだところで、用事さえ終わってしまえば、後は別段大層な話をするわけではない。だが笠野は、飲むという行為、それだけでもう十二分に楽しいようで、調子良く酔っては、店の娘に巫山戯て声をかけたりしていた。私は翌日の勉強や実験に響かぬよう、ちびちびと舐めるように飲んだ。それを笠野に見咎められて、飲み方が成ってない、酒に失礼だと罵られ、眉間に皺を寄せた。留年のせいで親からの仕送りを絞られていた笠野は大体いつも貧しく、飲みの払いの七割方は私が持ったので、金も払わぬ君に失礼などと言われたくないと反論したら、笠野はむうと唸って、また飲んだ。そんな風にして付き合わされていると、結局二時や三時になってしまって、翌日の実験は二人揃って頭痛混じりということもままあった。

笠野は、それが良いものか悪いものかは別として、強い芯のような考え、自分の核のはっきりした男だった。酒は浴びるほどに好きで、さらに加えて、もうほとんど嗜む者の居なかった煙草も吸っていた。当時煙草は、一箱で一四〇〇円もして、酒代も足りぬ

笠野には過ぎた嗜好品だったが、それでも彼はなけなしの金から工面して煙草を吸い続けていた。彼は仕送りの切れる月末になると、缶の酒数本を下げて私の下宿に来た。狭い部屋の中で煙草をもくもくとふかすので、部屋の中が臭くてたまらなくなった。私は強引に勧められて一本吸ってみたが、案の定吸引された煙に喉を燻されて、窓に駆け寄り、外に向けて何度も咳き込んだ。笠野は転げ回ってげらげらと笑った。その時、私の手の、まだ火の点いていた煙草から立ち昇る煙が、窓外の植物園の緑に重なった。私には何故か、その煙が、まるで自然の創った一部のような、天然の創造物、ミニチュアの雲のように感じられて、そこに僅かばかりのサイエンスの影を感じて、ああ、これは少し素敵だなと思った。笠野は買ってきた缶酒の代金を私からむしり取ると、その金でまた煙草を一箱買った。その時、私も同じ物を一つ買ってみたが、その二十本を吸い切るのに、二ヶ月もかかってしまったのだった。

斯様にして笠野という男は、私に、酒、煙草、麻雀、その他諸々の、所謂勉強以外の学生らしい遊びを次々と教授した。その頃の私はもう既に、ほとんど病的に凝り固まった勉強人間であったので、それらの悪い遊戯にそこまでどぶりと溺れるようなことにはならなかったのだが、それでも一、二年次の頃と比べれば、余程学生らしくある生活であった。酔って実験に遅刻した時、研究室の教授にすみませんと謝ると、お前はそれくらいの方が良いだろう、と言われて、少し戸惑った。何がどう良いのか、当時は全く解らなかったが、今ならば少しだけ理解できる。

つまり、当時の私は、ある種のリハビリテイションの過程であったのだろうと考えられるのである。それまで一切の脇目も振らず、勉強だけに殉じて二十歳になってしまっていた私は、世間知らずの度を激しく逸して、長い間山にでも籠っていた修行僧であるかのように、世俗的な感覚を失っていた。逆に笠野という男は、私と三つしか違わないはずだが、まるで倍は生きているように感ぜられるほど、通俗の事に長けていた。彼は遊び事以外に自炊なども上手かったし、何より世渡りの要領が良かった。それがどうも教授の目からすると、勉強しかできない私と、勉強以外なら何でもできそうであった笠野、二人で連れ立っていれば、お互いに足りないものを教え合っていくだろうと思えたようであった。実際、私は笠野に実験や定期試験の手ほどきを行なっていたし、笠野は私に、酒の飲み方、煙草の吸い方を教えた。そこまでは教授の思惑通りであり、大仰に言ってしまえば、私は少しずつ、〈人間らしい生き方〉というものを取り戻す、いや、生まれて初めて学んでいたのだと思う。

笠野との付き合いは、私の生活に、それまでには無かった水気（酒を飲んだからというのではなく）、つまりは、潤いとでも言うような、人生の楽しみを添えた。たとえば朝まで飲んで、吐いて、体調も整わぬまま大学に出るという、一見すれば自堕落で、あまり良い事には見えない行為の中に、いうなれば人の営みの妙のような、清濁併せ飲んで初めて解る、ある種の幸福的な感覚があることを知った。それはたとえば、子供の頃に国語や社会の教科から感じた、あの不確かさにも似たもので、それこそ昔は悪しとしか思えなかったはずなのに、笠野と付き合ううちに、その無意味、無駄を、楽しむという新しい価値観が育まれつつあった。人と接するというのも悪いものではない、勉強以外にも、科学に傾倒する以外にも、心が満たされるものはあると、考えが次第に、笠野の側に近づいていったのは確かだった。

だが、その過程の中で、私はとある、別の確信を深めていた。

笠野との距離が近づくにつれて、私には、段々と、透明な膜のようなものが見えてきたのである。その膜は、柔らかく、向こう側がぼやけて、透けて見えるくらいに薄くて、引っ張れば軽く破れそうな、薄絹程度のものに見えたのだが、けれど一方で、私にはその膜が、どんなに力の強い人間が手をかけても決して裂くことのできない、なんというか、理のようなものに感ぜられていた。私と笠野の間には、その膜が常にあって、私が彼に近付こうと思えば幾らでも近付けるし、摑もうと思えば膜越しに向こうの物を摑むこともできるのだが、それでも膜は、厳然としてあり続けて、二人の人間を隔てていた。

ある時、私の下宿でいつもの安酒を酌み交わしていたら、珍しくサイエンスの話となった。私はよく勉強もしていて、そもそもからして分野が好きであるために、話はいくらでも出てくるのだが、笠野は理学部に在籍しているにも拘わらず、どうも本質的に文部の人間であるようで、いざサイエンスの話となっても、科学哲学や科学倫理について語る時の方がよっぽど饒舌で、生き生きとして見えた。笠野は、科学というのはすべからく人の幸福に帰すべし、と偉そうなことを吐いた。私は、真理の追求が時に人を不幸にすることもあると説いた。すると彼は、ならばお前は何のために勉学を修め、科学を追求しようとしているのだ、と私に聞いた。

私はそこで止まってしまった。なぜ勉強をしているのか、なぜ科学を追求しているのか、その質問は、私の根幹にある、忌まわしい、唾棄すべき本質に触れる質問だったからである。

ああ、入鹿！

幼い日の記憶が蘇って、湧き出した濃硫酸のように脳を焼き、私を混乱せしめた。彼女に対する懺悔の形、身勝手な贖罪としてのみ勉学に打ち込んできた私は、笠野の質問に答えることができなかった。その時、自身では判らなかったが、私は変な風に顔を歪ませたらしく、それを見た笠野は、お前は人と違うところがあるよな、と言ったのである。

異質。

笠野の言葉は、真理であった。私という人間は、勉強をして、大学に入り、普通の人に混じって、何食わぬ顔で生活をしていても、その実、根底の所では、何やら別の生き物めいた、真っ当な人間には理解され難いものが蠢いていたのであるが、当時の私は、その懐中の気味の悪い生き物の正体がようとして摑めずに、ただただ、周囲と違う、普通でないという事実に、苦痛を抱いていた。笠野とのリハビリテイションの中で与えられた享楽的な遊戯、並の学生らしい生活に、私は確かに喜びを感じられていたのに、それらを楽しんでいる時には決まって、あの膜の上から撫でるような感触があった。消えることのない永久の隔たり、一生開けられぬプレゼントのような、言い知れぬもどかしさが延々と脳裏にあり続けて、心の最後の一片まで喜び切ることが、終ぞできなかったのである。

それでも私には、人生の中でやっと手にした小さな幸福を、ストイックな学業の日々に与えられた人並みの幸せのようなものを手放すことなどできるはずもなく、膜など関係ない、普通であればそれでいいのだと、自分を騙しながら、一日でも長く生きようとした。しかし本質、真理というものは、そもそも揺るがぬ、抗い得ぬという概念であり、私の本質もまた、本人の意思など軽く裏切って、時の折に顔を覗かせた。

十二月、研究室の先輩の学会発表があり、後輩の私と笠野は準備の手伝いに追われたが、半ばにはそれも終わり、学生室の隅で、小さな打ち上げをしていた。互いに他愛もない話をしていて、酒も切れたので、そろそろ帰るか、と言うと、笠野は、帰らない、これから外に繰り出そうと主張するので、

「その辺で飲むのか」

「上野にしよう」

「上野？」

「風俗だ、風俗に行こう」

と、言い出した。もちろん私はそんなところに行ったことがなかったし、行くという考えが浮かんだ覚えすら一度もなく、世の常識的な人々と同じように、女遊びというものに対して、ある一定の、嫌悪の感覚を持っていたので、軽く断ろうとした。

ただ、その時、酔っていたせいもあってか、普段と違う考えがふつと湧いてきた。いや、自分はそも、風俗とはどんなものかを詳しく知らない、行かねば解らぬこともあるかもしれない、笠野から酒も博打も教わった身で、今更女だけを特別に分けて忌避する意味はないと、妙に強気になって、

「行こうじゃないか」

私と笠野は自転車で繰り出した。

夜中、大学の塀の脇を通り過ぎながら、笠野は酒の勢いではしゃぎ、

「ソープにいくぞ」

「どこでもいい。連れて行ってくれ」

「ソープはな、風呂へ入るんだぞ」

笠野も遊んでいるとはいえ、学生の貧乏暮らしであるから、風俗などという高価そうなものは、そう頻繁に行ったことがないようだった。

不忍池を周り、上野御徒町にきた所で、自転車を金網の脇に放って、色街に歩き出した。綺羅びやかというよりは、派手なだけのネオンサインがぎらぎらと灯っていた。人通りは多くて、背広の勤め人や、べろべろに酔っ払った学生などが、呼び込みの人間につかまっては騒いでいた。

私はその時、なんとも奇妙な安心感を覚えていた。今、自分は、酔っ払って色街に来ている、あの辺の勤め人や学生と同じように、酒の勢いに任せて女を買おうとしている、そんな、「周りと同じ」という事実が、まるで私を一端の人間にしたような、今日この日に突然成人になったような、そんな共感じみた安心を生んでいた。

笠野はそわそわとしながら、店を吟味した。キャバレー、クラブ、などのネオンが並ぶ中で、ソープランドというのを選んで、値段を見てみたり、店先の看板に貼られた写真を見回った。私としては、もちろん女を選びたいという気持ちもあったが、それよりはむしろ一度行くことの方がよほど大事で、それに酒でぐらぐらの頭ではどうせまともな判断もつかぬだろうと思い、笠野の後に従った。

笠野は、よし、ここにする、と言って、一軒を選んだ。建物はあまり綺麗でなく、場末というのが似合う構えの入り口だった。

その時、すぐ横に、その店の客引きの女が居た。ファアの付いたコオトを着込んだ長い髪の女は、笠野が入店を決めたのを聞いていたようで、笑い顔で寄ってきて、それから我々の顔を軽く見比べて、私の腕に抱きついてきた。

「ご案内?」

私は、女を見た。その、三十ほどに見える女、顔の表面の化粧の凹凸、口元の愛嬌とも言えないような皺、そしてコオトの襟首からのぞいた骨ばった首元を見て、私は、腕をほどいて、二、三歩下がると、振り返って早足で逃げた。途中から駆け出し、自転車を止めた金網まで来て、もつれるように倒れ込み、その場で蹲(うずくま)った。すぐに笠野が追ってきたが、どうした、と声をかける笠野に、私は、

「行きたくない、助けて」

と、慄きながら答えた。道の隅で、電柱の下に蹲ったまま、涙を流しながら、まるで死ににでもいくような抵抗を見せたのである。

あの時、私は無意識のうちに、「女」というものを、観念のようなものとして捉えていたのだろうと思う。そこに、突如至近に現れた現実の「女」、実体のある、年輪を持つ、肉で出来上がった「女」を前にして、私はまるで猛獣の檻の内側に放り込まれたような、人喰いの何かと対峙したような恐怖に駆られて、闇雲に逃げ出した。その三十女と遊ぶこと、部屋の中で、裸で二人きりにされるという想像が、私に命の危機すら感じさせ、泣き喚く恥ずかしさも、気触れと思われることすらも一切気にせず、路上で命乞いをした。

あの時、私が入れなかった風俗の入口、女と遊ぶという行為との境界に、きっと、あの膜があった。

笠野が、その辺の勤め人が超えられて、そして私が超えられなかった最後の一線、それこそ、私という人間を形作る自我の薄皮、それは、そう、卵の薄皮のようなものであって、もしそれが破れてしまったならば、中身が流れ出し、そこで私の命そのものが尽きるであろうという、確信があったのである。それ以来、笠野は、酒や麻雀などに関しては別段変わるところはなかったのだが、女遊びにだけは、二度と私を誘うことはなかった。

春、大学の桜が咲き、まだ一八、九の、子供じみた顔つきの学生が彷徨く頃、私もまた無事に進級し、四年次となった。思い返せば、この年は、私の人生のタアニングポイントであったのかもしれないし、同時に、この時には既に、私の人生は先の先まで決定づけられていて、あとは坂を転げるだけであったような気もしていて、どちらが真実で、そしてどちらが幸福であったのか、今となっては確かめる術もない。

研究室で、院の学生を除けば最上級生となった私は、卒論の実験などで下級生を使う立場となっていた。その年に入ってきた三年生のうちの、一人の女に、私と笠野の実験の雑用を手伝わせることになった。

後輩は華奢な体つきの、なんだか硬い面相の女だった。初めは何かに怒っているのかと思ったが、少ししたら、無愛想なだけだとわかった。愛嬌は無いが、仕事ぶりは真面目で、手際も良かったので、私と笠野は大いに助かった。たとえば、やっている実験について七まで説明してやると、十までの仕事を終えて持ってきた。十まで説明して、やっと七しかやらない笠野と真反対で、二人揃えると説明と仕事がちょうど一対一になって勘定がぴったりであるなと思ったが、後輩はそれを聞いて、むっとしたのか、五までの説明で十やるようになった。そういうような、負けん気の強い女であった。

中砥(なかと)(という名の後輩であった)は、普段はつんとした、クウルな女という感じで、笠野が馬鹿な話や卑猥な話をすると、冷たい目で一瞥し、また黙々と実験機器の整備に戻ったりしていたが、そのからかいの度が一線を過ぎてしまうと、ついには仏頂面のまま受けて立ち、そうなるともはや先輩後輩の別もなく、笠野をめたくたにこき下ろし、完膚無きまで叩き伏せて、鼻を一つ鳴らして去った。たとえばある時、笠野は家からブランディを瓶ごと持ち込んで、学生室で酒盛りをしていた。中砥がそれを見咎めて、学校にお酒を持ち込まないで下さい、と注意をすると、笠野は、

「お前は酒が飲めないだろう? 飲んだことの無い奴に、それは悪いものだから、と言われたところでな、そりゃあ、説得力というもんがないよな」

と、また一つからかってブランディを継ぎ足すと、中砥はそのグラスをひったくり、ぐいと一気に飲み干して、

「ばからしい。なんてばからしい論理」

吐き捨てて、酒臭いげっぷをふいた。もちろんその日は、中砥ももう駄目で、私も諦めて混ざり、朝になるまで三人で飲んだ。酔い潰れた中砥を眺めながら、笠野は、「こいつは見どころがある」とケラケラ笑い、私も同じく、面白い奴だなと、気を引かれた。

中砥が手伝いに加わってから、私は研究室において、それまでの作業的で単調な雑務から解放されて、実験のセオリィについて深く考える時間が取れるようになった。自分が後輩であった三年の時は、先輩の手伝いと、あとは笠野と遊び歩いていたために、実験的思考や、一つの理論をまともに考える時間などなかったのだが、四年へと上がった後は、実験作業のほとんどを中砥が肩代わりしてくれており、またあの風俗の一件以来、笠野との遊びも少し控えていたので、その頃の私は久しぶりに、サイエンスの思索の中に没頭することができていた。

研究室の備品棚に、黒い金属のクリップが、大きさ毎に分けられて箱に入っていた。中砥は、間違った箱に入った大きさ違いのクリップを選別し、元の箱に戻していた。私は横から、なにとなく一つを取って、指に力を込めてクリップを開き、閉じ、また開いて、ぼんやりと眺めた。

「物というのは、なんだろうなあ」

「……なんです？」

「物だよ。物体、物性」

「それは、クリップですよ」

「クリップだけれど、それ以前に、物だろう」

「ははあ……」

そこで私は、どうもずれた話をしてしまったらしいと思い、なんでもない、と打ち切ろうとした。しかし少し見ていると、中砥は私と同じようにクリップの一つを取って、開いたり閉じたりして眺め始めたので、私は様子を見ながら、物体の、剛性の話をした。

そこから、少しだが、サイエンスのことについて、中砥と話す機会が増えた。私は先輩として取り留めのない話を聞かせ、彼女はそれを興味深げに聞くか、または同じように、取り留めのない質問をした。それこそクリップの剛性がどうというどうでもいい話から、哲学の世界に踏み込んでしまったような答えのないことまで、縛りなく、気ままに言葉を交わした。

学会に向けていた実験を終えて段落している頃、学生室に行くと、中砥が独楽を回していた。なにやら只事でない緊迫を漂わせながら、意を決してえいやと回すと、独楽はぴよんと飛んで、机から飛び出した。それはかなり昔に流行った玩具で、磁石の入った土台の上で、同じく磁石の独楽を回し、上手くすれば、浮き上がって回り続けるというものであった。しかし中砥はどうもそれが下手らしく、顰めた顔で、何度やっても上手くいきません、不良品のようです、壊れています、と呻いた。どんな実験作業も器用にこなす中砥が、子供の玩具相手に全力を出している姿が微笑ましく、つい笑ってしまうと、睨まれた。

私は床に落ちた独楽を拾い上げ、土台と、プラスティックの楔、それにおもりが揃っているかを確認して、中砥の代わりに独楽回しに挑んだ。実を言えば、私は小さい頃にその玩具を持っていたので、やり方のこつのようなものをすでに知っていた。

まず適当におもりを付けて回す。すると独楽は飛んで行く。この最初の試行で、独楽が軽すぎるということ、そして飛んで行く方向で、土台の水平がどちらにどれほどずれているのかが推察できる。それに合わせて土台の下に楔を入れて水平になるように調整し、同時におもりを少し足して、重量も整えていく。試行を数度も繰り返せば、適正な重さと水平が手に入るというわけである。

だいたいこの辺りか、という目星を付けて独楽を回すと、飛んでいかずに回り続けたので、下に敷いていたプラスティックの板を、回る独楽ごと持ち上げた。一定の高さまでくると、ふい、と独楽が浮かぶ。私と中砥は、共に息を潜めながら、プラスティック板を静かに引き抜く。独楽は空中で、空気以外と接触せぬまま、静かに回り続けた。息を吐くと、中砥がぱちぱちぱちぱちと拍手をした。

空中に浮かんだ独楽は、床と接していない分だけ摩擦が少ないので、普通の独楽よりも長い時間回り続ける。回っている間は磁力の安定が取れて、ずっと浮かんでいる。中砥は独楽と土台の間の空間に、ペンや紙ペラを通しては、真剣な顔で驚いていた。

「不思議ですね」

中砥の言葉は真理だった。

磁石同士が反発して浮かんでいることなどは子供でも解るし、製作元の人間もそれを知っているからこそ玩具を作ることができる。しかし私達は、突き詰めてしまえば、磁場というものを、理解しきれているわけではないのである。現象自体は拾えても、その本質には未だ届かず、統一場理論は今もって未完成で、この世界の〈力〉の正体に辿りつけていない以上、目の前で浮かぶ独楽は、それこそ面妖な、得体のしれぬ怪異の仕業と変わりのないことなのかもしれないと思えた。

「不思議だな」

それから妖怪の独楽を、幾度も浮かべながら、私達は磁場の話をした。

だが、そんな話をしている時には決まって、私の頭に、どうしようもなく、あの懐かしい日々が浮かんでくる。

子供の頃の、入鹿との日々。私が罪を犯す前の理想的であった関係。自らの責で失った、二度と戻らない繋がりが、思い出の中でどんどん輝きを増して、そんな大切なものを無くしたのだという取り返しのつかない喪失感が、延々と堆積していくのである。中砥との会話には、確かに、失った日々が持っていた、宝石の輝きがあった。けれど私の脳裏には、その石が粉々になるイメージが張り付いて、立ち竦み、手を伸ばすことなどとてもできなかった。

そうして溜まった欲求は、捌け口を求めて、私を少し病的なまでに、サイエンスの思考へと向かわせた。

その結果として、その頃、私はとある智見に手をかけた。私が見つけたそれは、物体、質量というもの、その存在自体のベクトルとでも言えばいいのだろうか、世の中にあるものが、あるというだけで影響され得る恒常特性であり、万物を司るような場、空間の裏側に潜むパラメータのようなものであった。この時に得た僅かばかりの閃きは、理屈全体から見ればほんのさわりでしかなかったのだが、しかしそのさわりは、この先で大きな物へと繋がっていくことを思わせる、確かな手応えのようなものを持っていた。

私はその閃きを、すぐに中砥に話した。中砥は最初こそ不思議そうな顔で聞いていたが、話しながら計算を進めていくうちに、次第に目を開いていった。私と中砥は、これはなんだか、一生涯かけて取り組むべきような、大層な事象なのではという結論に至り、二人で考えを整理して、書面にまとめて、研究室の教授に話を聞いてもらった。教授もまた、その理論の説き得るものに少なからず驚いて、試しにもういっぺん計算してみよう、という話になった。そこからしばらくは計算と検証の日々が続いたが、どうやらこれは真であるようだ、これは研究室と大学全体で取り組むべきかもしれないとなり、あとは私が何かせずとも、周りの方が自然に作業を進めて、しばらく後には、その研究のためのプロジェクトチームが立ち上がろうとしていた。私は当然の成り行きでチームの中に組み入れられた。中砥も同じく入れられて、教授から、お前らは院に進め、と言われ、そうして私と中砥は、半ば強引に進路を決められてしまったのだった。

「贅沢を言うんじゃないよ」

笠野はこの頃、ほとんど毎日背広姿だった。元からろくに勉強もせず、卒論もほとんど私が作ってやったような笠野に、院に進むなどという選択肢は当然なく、今更という時期になって、就職活動に駆けずり回っていた。

「俺は先生のつてで、適当なところに勤めようと思っていたんだ。なのにお前が余計な理屈を思いついたばかりに、先生は忙しくなっちまって、俺の面倒なんぞ一切見てくれやしない」

「君が職につけないのは、僕のせいじゃない」

「理論が飯になるか！　ばか！」

そう私を罵った笠野は、しかし酒を呷り、

「俺は元から知っていたよ」

「何を？」

「俺と違って、お前は、理論で飯を食うやつだってことをさ。お前のよくできた頭なら、考えるだけで金になるだろうし、これからだって食うに困るこた無いだろう。けどね、大切なことを忘れるなよ」

「ほう。なんだろう」

「飯を食うことだよ。お前はね、本当はばかだから、考えてると飯を食うことすら忘れちまうだろう？　飯を食って、酒飲んで、女を抱いて寝る。そういう当たり前のことを忘れるくらい、お前はばかなんだってことだけは覚えておけ。それでいいよ」

「ふうん」

私は生返事をした。あの時、私は笠野が何を言っているのか、今一つぴんとこなかったのだが、今ならば、彼の言いたかったことがひしひしと骨身に染みこんで、全身を使って理解できる。私はやはり、笠野の言った通りのばかであった。この数年後、結局、私は彼の忠告を忘れて、人間として当たり前のことを放り投げるような、ばかに成り下がる。笠野は、私には、過ぎた友だった。

大学の、学部で過ごした四年の間、私は本当に幸せであったのだと思う。笠野と会い、それまで知らなかった知見を広め、酒だ煙草だと騒ぎながら、モラトリアムを満喫した。中砥と深く語り、失われた日々を少しずつ取り戻しながら、純粋なサイエンスに没頭した。この二人は、私の陰惨な人生にするすると降りてきた、蜘蛛の糸のようなものだったのだろうと、思うことがある。

人間らしさ。

それは、人間であった私が渇望するのはおかしく、けれど、持っていないのならば、体を掻き毟って望まなければならない、人が生きる上で、必ず無くてはならぬものであった。彼らは私に、それを与えた。私のような人に足らぬ男に向けて、人間として社会の中で生き、そしてついには幸せになれるような、極上の道を示していたのである。

一度だけ、中砥が下宿を訪れたことがあった。夏の蒸し暑い夜、戸を叩かれて開けると、中砥が立っていた。

「どうしたの」

中砥はいつもの仏頂面で、

「どうもしません」

と言って、ずかずかと部屋に上がり込んだ。部屋の灯りの下で見ると、わずかだが顔が赤いようだった。

「笠野さんのブランディを、一杯だけ、いただいてきました」

「飲んでいるのか」

「あれは強い酒だ」

「ええ。本当に。暑い。窓を開けてもよいですか」

中砥が窓を開けると、少し涼しい夜風が、部屋の中に流れ込んだ。中砥は窓際に腰掛けて、外を眺めながら涼んだ。植物園のもじゃもじゃの緑、外を眺める中砥、夜の蟬が一匹だけで、じいと鳴いていた。その声に呼ばれるようにして、私は窓に寄った。

気配を感じた中砥は、にわかに振り返ろうとして、それを途中で我慢し、わざとらしく、じっと外を眺め続けた。私は、髪を上げていた中砥のうなじを見つめた。首から背へと続く肌が、しっとりと汗ばんで、部屋の灯りを反射させていた。

そこには、ある種の、合意と呼ぶべき感じがあった。だからもう、その後は、落下を始めた物体、重力に引かれて座標を移っていく質量のごとく、転がって、落ちて、流れていくだけであったのかもしれないが、私は中砥の首に伸ばした手を、宙空で止めて、頭でじわじわと、考え続けていた。

（中砥に触れて、どうする）

（服を脱がせるのだ）

（脱がせて、どうする）

（触れるのだ）

（何に）

（体に）

（体に？）

（中砥の体に）

ぼたぼたと、顎から汗が落ちた。いつのまにか蝦蟇のごとく汗だくになっていた私は、手を引っ込めて、半袖で顔の汗を拭い、

「虫が入る」

と言って、踵を返した。

中砥は、それから少し居たが、会話も殆ど無いまま、やがて不機嫌な顔で帰っていった。中砥が部屋を出て行ってから、私は吐き戻した。それは何かに対する強い拒絶だったのだが、私自身、いったい何を拒絶し、そして何を求めていたのか、その時はまだわからなかった。

私と、中砥の、間を隔てたもの。

それこそが、私という人間を形造る忌まわしい本質であり、中砥、笠野、愛すべき人

達と私を、どうしようもなく二分する、あの透明な膜だったのである。

二

笠野の私に対する評価、理論で飯を食うやつだ、という言葉は、ほどなく証明された。

私は、件の研究班の一員となって、ある程度の収入を得られるようになっていた。

大学を卒業後、そのまま院へと進学した私は、院生という立場で、教授が取り仕切る研究チームに参加した。普通、院生の身分で得られる収入などはたかが知れているのだが（事実、別の研究室の知人は、講義の手伝いで微々たる収入を得るだけであった）、その研究計画は国とも提携を果たして、二年も経つ頃にはかなり大掛かりな取り組みになっており、その中で私は、最初の着想を運んだという点が評価されて、外に勤めに出るのよりも多いくらいの給金をもらって、自活して暮らせるようになっていた。

一年遅れて、中砥も院生となって、同じ班に入ってきた。そもそも同じ研究室からの持ち上がりであるから、交流自体はずっと途絶えていなかったのだが、学部生の頃から明敏であった中砥は、院に来る頃にはもう一端どころか一線に近い研究者となっていて私を驚かせた。

この頃、研究の進行は順調であった。私は学生の頃と同じように、縛りのない自由な思索に耽っては、新しく思いついたことをすべて、中砥や教授に話した。特に中砥は、付き合いの長さからくるものなのか、私の思考について時に私より理解していることがあり、切れ味の鋭い回答を返して、それが大変良い刺激になった。私と中砥の会話は、理論に関する着想を次々に広げていって、あえて誤解を恐れずに言ってしまうならば、あの頃研究全体を引っ張っていたエンジンは、間違いなく私と中砥であったと思う。

ところで中砥は、飯の好きな女だった。飯が好き、というのも少し妙な言い回しだが、中砥はなんでもよく食べて、食事の時は（それは友人の私でもやっと気付く程度の微細な変化だったが）いつもの仏頂面の間に、幸せそうな顔を覗かせた。彼女は毎日、手製の大きな弁当を持参して、昼は食堂でそれを平らげていたが、時々作り過ぎたという時には、私も相伴に預からせてもらった。

「大兄さんはどうせ、外食ばかりで、野菜もろくにとってないのでしょう」

「男なんて、みんなそんなものだよ。どうせ笠野だって今頃は、店屋物ばかりに決まっている」

その頃の笠野は、大学を卒業してからなんとか商社の職に就き、サラリイをもらう身の社会人となって、それなりに真面目に暮らしていた。たまに飲みの誘いに来たが、さすがに学生の頃と違って暇も少ないようで、顔を見せるのは四、五ヶ月ごとであった。

笠野の話が出ると、中砥は食べ終わった弁当を片付けながら、

「笠野さんからも、面倒を見てやれと言われてますから」

その時、軽く、ちくりとした。

中砥の一言は、実は何の裏もない、友人である中砥と笠野が、生活の乱れた私の体を気遣っているというだけの無心の言葉だったのだが、しかし私は、もしかするとその二人がもう、そんな下卑た想像力を、一瞬だけ働かせてしまった。いいや、下卑たどころではない、その僅かばかりの嫉妬は、身勝手で醜悪な、最低の感情であった。

だってこの時も、いいや、それまでもずっと、中砥は私に対して、幾度となく好意のシグナルを発していたのである。けれど、それを受けられなかったのは私の方だった。私は彼女の心情を知りながらも、直接に言われていないのを良い事に、気づかぬふりをし、無碍にし続け、面と向き合わぬようにするので必死だった。なのに他の男の影を感じれば、今更心を痛める、私はそういう、無様で、あさましい男だった。交際してしまえばいい、中砥を自分のものにしてしまえばいい、それだけで私も、彼女も、皆が幸せになれる、理屈はその通りで、計算もその通りであったのに、私にはそれができなかっ

た。私の内面には、まだ正体が見破れぬ、何らかのファクタアが存在していて、それを無視することができずにいたのである。そういった罪深い気分になった時、私の精神はストレスからの解放を求めて別方向へと走り、そんな時ほど、新しい閃きが生まれた。私のサイエンスは、今も昔も一切変わらず、常に何らかの罪と隣り合わせの、逃避の産物であった。

逃げる。何から逃げているのかも解らず。いや、もしかしたら私は、逃げていたのではなく、何かに向かっていたのかもしれない。けれど、結局、何に向かっているのかも解らない私には、前も、後ろも、先も、後もなかった。東京を取り囲む環状線、ひたすらに回り続ける電車のように、移動しているつもりで、その実どこにも行けぬまま、ただ闇雲に生きていた。

用事があって、山手線に乗った。その日は、よその大学で行われた学会に出席して、帰る頃にはもう夕方になっており、勤め人の帰宅混雑に巻き込まれた。普段は大学と下宿の往復で、殆ど電車に乗らない私に人混みは大変な苦痛だったが、数駅の辛抱だと思い、硬い鞄で押してくる中年を避け、香水臭い女から顔を背けながら、つり革に摑まって堪えた。窓外を流れていく建物が、夕暮れの橙に染まって綺麗で、それだけが救いだった。

だが日暮里まで来たところで、前に居た香水臭い女が、振り返って、私の服の裾を摑み、痴漢だ、と言って、無理矢理に電車から引きずり降ろされた。周りに居た数人の男女が、ざわざわとしながら一緒に降りた。あまりにも突然の事に、何が起きたのか納得できず、私は狼狽した。

「やっていない」

「嘘おっしゃい」

化粧の濃い女は、親の仇のように私を睨みつけ、口汚く罵った。

「巣鴨の前から、もうずっと弄っていたでしょ」

「僕じゃない」

「貴方っきゃ居ないわよ。貴方が乗ってきてからのことだし」

女の理屈は、全くもって理に適わないものだったが、その時の私は困惑でしどろもどろとしていて、そのせいもあり、一緒に降りてきた人間達も、次第に私を責めるような目で見始め、

「会社をおっしゃい。首になるわ」

女は、学会で背広を着ていた私を、勤め人と勘違いしているようで、

「会社勤めじゃない」

「また嘘！」

私はなんとか考えをまとめて、反論しようとしたのだが、喚き立てる女の声が邪魔をして頭が働かなかった。女はまるで、気触れみたいに捲し立てて、私にはもう、女が話している言葉の意味が解らなかった。その女が、言葉の通じない別種の生き物のように見えて、捕まったらそのまま食べ物にでもされそうな気がして、私は猟奇小説の登場人物にでもなったような、命の危機すら感じていた。

「警察、警察呼んで」

女はかろうじて聞き取れる言葉で喋り、私の袖を摑むと、

「この変態、突き出してやる」

その時、人混みの中から、一人の男が前に出てきた。

男は、なぜか微笑んで、

「その人は、痴漢などやっていませんよ。僕は、彼が両手で吊革に摑まっているのを見ていましたし、ここに居る人の中にも、それを覚えている人がいるでしょう」

化粧の女は、その擁護を聞くと、矛先を男に移して、さらに興奮して喚き立てた。それはもはやきーきーと鳴く蝙蝠そのものであったが、男はその金切り声を、微笑みを絶やさずに聞いていた。

良い仕立ての背広を着た、どこかしら涼しげな空気を纏った男だった。

二人のやり取りを放心しながら聞いていると、男は電話を出して、その画面を女に見せた。周りの人も、私もそれを覗いた。そこには写真が映っていて、それは車内を撮影したもので、私が両腕を上げていた証拠であった。

女は、さぁと血色を失って、「なんでそんな写真」と吐き残すと、早歩きで逃げ出し、駅の階段を上って行ってしまった。一緒に降りた人達も、次の電車が来たのでそれに乗って行った。駅に、私と、さっきの男が残された。

「ありがとう」

「気にしないでいいよ」

私が彼の手元の電話を気にしていると、彼は、ああ、と、

「あの女の様子がおかしかったから、見ていたら、君を痴漢だと勘違いしていたようだった」

「それで写真を？」

「冤罪はよくないからね」

背広の男は、また例の、涼しい笑みを見せた。色の白い肌が、夕日に当たって、薄い赤みを帯びていた。

「それに、僕は君のことを知っていた」

「なに？」

「大兄太子君。君は、僕らの業界じゃあ有名人だ」

「君は」

「遠智。遠智要」

男は名乗って、鞄から封書を出すと、そこには私が所属する、大学の研究班の名称が印刷されていた。彼は赴任の書類を見せて、

「明日から同僚だよ」

遠智は、海外の大学から赴任してきた男で、私と同じ二十五歳だった。小さな頃は東京で暮らしたが、学校に上る前に家族でアメリカに移住したそうで、つまり遠智は帰国子女というやつだった。

「女は怖いね。人の人生に、簡単そうに爪をたてる。どういう気持でそんなことをするのか、男の僕には理解が難しいな」

私と遠智の専門は少し離れていて、私は理論物理の中でも、実測、実験的な証明に寄せた分野を、対して彼は、複雑系や、ケイオスセオリイなどの、情報的な挙動を論証する分野を扱っていた。お互い、相手の研究にはそれほど明るくなかったのだが、それで

も論文功績を見るだけで、彼の才が非凡であることは理解された。

まず一週間、新任の遠智に施設の案内などしつつ、研究の内容を説明した。学生の頃、中砥に物を教えた時に理解の早い子だと思ったが、遠智の理解は、その五倍は早くて、私は心底に驚いた。私が学部の学生だった頃から、今日まで数年かけて積み上げてきたものを、彼は誇張でなく、たった七日で、ほとんど理解してしまったのだ。

説明する中で、研究の核となるような部分、質量存在にはベクトルがあって、それは物性の挙動に影響を及ぼし、ある空間場と密接に関わる、根源的なパラメータなのだと教えると、遠智は、ふぅんと呟いて、

「動くんだね」

「何が？」

「物がだよ。その新しい空間軸の「傾斜」に則して、物が動くんだ。エネルギーもだ。質量とエネルギーが、AからBまで動くんだな。そうだろう？」

突然、視界が開けたようだった。遠智が発した言葉は、この研究の本質であり、同時に到達点であり、それを全てまとめたような、本質的なものだった。この研究は、質量体を動かす研究なのだと、初めて実感として理解した。私はその時、専門外の人間に水を開けられたというような悔しさよりも、ただただ、遠智という人間の洞察に感心する

しかなかった。

小石川の植物園と大学のちょうど中程のところに、ずしんとした瓦屋根の、立派な銭湯がある。下宿にも簡単な風呂はあったが、広い風呂は気持ちが良いので、学生の頃からたまに行っていた。その風呂屋の前を、遠智と通りかかった時、彼は町中でも一際古臭い建物を見て、首を傾げた。

「大兄君。これはなんだい」

風呂屋だと教えると、また不思議そうな顔をして、ジャグジイ？　などと聞き返した。どうもアメリカには、公衆浴場のような施設が無いようで、大勢の人間が同じ風呂に入るという事態が、上手く想像できないと遠智は言った。文化に馴染みがないなら、人前で裸になるのは恥ずかしいだろうと思ったのだが、彼はそんなことはない、入ってみたい、と言うので、下宿に戻ってタオルを貸してやり、二人で銭湯に行った。開いたばかりの風呂屋はがらがらで、私が洗い場や桶の使い方を教えてやると、遠智は子供みたいな顔で、それらについていちいち真面目に考察していた。お湯が一定時間で止まる装置は、環境配慮なのだろうけれど不便だと言っていた。

並んで湯船に浸かった時、遠智の体を見た。彼は驚くくらいに肌の色が薄く、どこかの混血なのかなとも思えたが、そういった話は聞いていなかった。しかしこうも白いと、

夏になったら水道橋の日差しはこたえそうだな、などと思っていると遠智が、

「人の体を、何の物怖じも無く見つめるんだね、大兄君は」

「ああ、失礼」

指摘されて、顔を背けた。

「ふふ、こんな風に言われたら、もう少し狼狽するものだよ」

「そうかな。女の裸を見ていたというならばつが悪くもなるが、別に、男同士だし」

私は思っている通りに答えた。女の裸をじっと眺めるなんて、それこそ恐ろしいことで、そんなことをして、自分の内側に潜む醜怪なものが表に出てしまったらと思うと、生きた心地もせず、普段から女性と接する時は、必要以上に注意して目線を逸らしたものだった。逆に、男の裸などは、そこらの物体と何ら変わらぬ、特別意味のないものに思えて、あの頃の私は、男もまた同じ人であるとすら思わず、たとえば風呂屋の壁の雑な富士の絵を眺める程度の気持ちで、遠智の裸も眺めていた。とはいえ、流石にそれを正面切って指摘されるのは、多少なりとも気が引けてしまい、

「体というのは、なんだろうね」

誤魔化すような調子で、適当な質問をした。

「体は、心の入れ物だよ」

遠智は、大して考えもせずに答えた。

「ふむ。それはあれかい、肉なんていうものは、所詮物体であって、重要なのは精神だということ？」

私は話に乗って、

「そういえば、君の専門は複雑系か。脳神経網なんかもその分野のものだからな。やはり君は、精神の方を重視しているんだな」

「いいや、僕は心と体に軽重を付ける気はないよ。体は常に心の器足らなければならないし、心もまた、体を満たすのに適した形でないといけない」

「相補関係ということか」

「不可分。分けられない。だから不自由だ」

「不自由？」

「選べないからね」

遠智は風呂の湯を掬いながら、白い手を見つめて、

「体は心の制約を逃れられず、心もまた体の制約から解き放たれることはない。生まれた時からそうだから、空が青いのと同じように、それに不自由を感じることが難しいけれど、でも、空の色だって、選べるならば、いろんな色が存在してもいい。ゴッホなん

かは、好きなように空を描くだろう？　彼は、選べるから」

そりゃあまあ、絵描きだから、と思ったけれど、遠智は、そんな当たり前のことを噛み締めながら、彼は幸せだな、などと言った。それから風呂を上がって、脱衣所で、牛乳の入った冷蔵庫を開け、「僕は黄色のやつを選ぼう」と、果物の牛乳を取った。私は珈琲牛乳を取り、瓶という体の中に満たされた、茶色の心を飲み干した。

遠智のインスピレイション、それは、とても不思議なもので、ある時は、私が皆目知らないような、全く別の方向からの発想を届けてくれるのだが、また別の時は、まるで私自身が二人居るかのような、処理する機械が二つになったような、そっくりの思考をすることがあった。遠智が班の一員になり、同じ研究室の中で毎日会うようになると、私はすぐに彼と打ち解けた。遠智との会話は刺激的だった。彼と話しているうちに、一つ気付いてしまったことがある。これは尊大な言い方に聞こえるかもしれなくて、自分でも嫌な思考だと感じているのだが、どうも私はこれまで、中砥と研究の話をしている時は、自分の思考の速度を、敢えて落としていたようなのである。それは本当に無意識のことで、中砥に合わせていたなどと言うつもりは毛頭ないのだが、遠智と話していると、所謂「加減」というものが全く必要ないと、肌で感じられた。私が思いつくままの発想、時には自分の中で思考が一足飛びになってしまい、まるでファンタジィめいてしまったような話にも、遠智は私の心を読んだように、軽々とついてきて、そして平然と続きを話してくれるのだった。私にはそれが、どんな娯楽よりも楽しくて心地良かったし、その発想の結果が、実際の研究に次々と反映されていったのもあり、遠智と私は研究室の中で、いつのまにか、コンビのような形になっていた。

ただ一つ、問題と言えるものがあったとすれば、遠智は中砥と馬が合わなかった。遠智の方は、愛想良く、例の涼しい笑顔でにこにこと話しかけるのだが、中砥は普段の仏頂面をさらに一つ越えた、同僚に対するとは思えないような、よそよそしい対応に終始していた。一度、中砥に聞いてみたら、

「私、あの人が嫌いです」

少し驚いた。中砥が人に対して、そこまで露骨な嫌悪を示したのは初めてだった。

「遠智が何かしたのか」

中砥は、そうではない、と返してから、少し考えて、

「あの人、私を、動物を見るような目で見るんです」

「そんなことはないだろう」

「いいえ、あの人はそうなんです。私も、准教の先生も、まるで地べたを這いずり回る畜生を相手にするみたいに、高いところから見下ろします。口には出しませんし、態度

にも出しませんから、先生も、みんなも、何も気付きませんけれど、でも目は、あの人の目だけは、口よりもよっぽどはっきりと、そう言っているんです」

私には、中砥の言っていることが、実感として理解できなかった。遠智はいつもにこにことして、冗談もたまに言うし、研究員との不和はなく、唯一中砥と合わない程度だった。ただ、目、というのは少しだけ解る気がした。彼が私を蔑むような目をすることはなかったが、しかし、遠智の目は、なんだか色付きのレンズをかぶしたみたいに、内側を隠しているように感じたことがある。その裏側にあるのが、中砥の言う侮蔑なのか、そうでないのかまでは解らないが、ただ、遠智が全てを見せていないという一点においてのみ、私は中砥に合意できていた。中砥は、あまり近寄らないほうがいい、と言った。けれど私は、彼との会話を好んでいたし、それが仕事のことである手前、中砥も強くは言えないようであった。

私は次第に、遠智と話す時間が増えた。仕事の話だけでなく、ともに酒を飲むようにもなった。お互い学生でもないので、さほど深酒になるではなかったが、仕事の後に軽く酌み交わしては、サイエンスの話に混じって、他愛の無いことを話した。私は彼との間に、笠野とはまた別の、非常に気持の良い関係を築いていた。遠智は、久しぶりにできた、心許せる友人であった。

そうして、あの夕暮れの日暮里で助けられてから一年が過ぎて、遠智の類稀な働きによって研究も順調に進んでいたころ、私と遠智は、大学の近くの飲み屋で軽くひっかけて、そのまま私の下宿へと流れて、飲み直していた。

その時も最初は、研究の話をしていた。私と遠智の会話は、研究室で周りの人間を相手にする時には、きちんとした、理路整然の話であったが、こうして二人になってしまうと、お互い解っているだろうという共通認識の元に、思いついたままの言葉を発し、そこに入れぬ者のことなど一切考えぬ、抽象的で、意味不明な、けれどそれこそがサイエンスの本質のような、そんな望ましいやりとりだった。

「坂を転がるようなものだよ」

遠智は、自分たちの研究を端的にまとめて口にする。

「物は坂を転がって、下まで落ちる。重力に引かれて、留まるところまで行く。下まで行ったら拮抗し、均衡が取れて、そこで止まる。それは、万物の成り行きだね」

「安定だ」

私は答える。

「要は、その安定までの道、つまり坂を作ってやればいい」

「そうだね。傾斜、上下だ」

「物性に、新しい上下を与える。新しい空間場の上下を操作する。すると物体は自然と、〈新しく与えられた下〉に向かって動き、下まで行って止まる。突き詰めれば、どんなものでも、望む場所に動かすことができるだろう」

「エネルギーと質量は等価だよ」

「そうだ。エネルギーもまた、質量体と同じように、同じ理屈で動かすことができるはずだ」

「上下を与える、か」

遠智は笑った。

「まるで僕らが、神様にでもなったようじゃないか」

「そんなつもりはないが……」

「ふふ。君は、尊大になることを過剰なまでに嫌うね。でも、僕らがやろうとしていることは、まさしく、その神に迫るようなサイエンスだと思うよ。ただ、それにしてはコストが安い気もするなあ」

遠智は卓上の紙に鉛筆を走らせ、私はそれを覗き込んだ。簡単な計算が進み、数字が並んだ。

「エネルギーは、あまりかからないね」

「それを作り出す技術でもあるから」

「これなら、今の電力供給線でも実用化できるんじゃないかな」

「町中でか？」

「きっかけになるだけの点火エネルギーさえあれば、あとは自前で取り出せる」

当時は、太陽光発電衛星からの電力がもう大分安定的に供給されていて、合わせて都市の送電網も、高エネルギー負荷に備えた、力の強いものが広まっていた。

「都市全域で使えれば、暮らしぶりは大層便利になるだろうね」

「君は、どれくらいのエネルギー量を想定しているんだ？」

「そうだね……一つの例を示すなら、四五〇万テルワットくらいが出せるなら、日常的には充分事足りるねえ」

「それは、多すぎるだろう」

遠智が気軽に口にした数字は、馬鹿みたいな量のエネルギーであった。

「その数字はどこから？」

「ああ、今の数字自体には大した意味は無いよ。大体の一区切りさ」

「やっぱり多すぎる」

「そうかな。もう二割ほどは、余裕を見てもいいかもしれない。五四〇万テルワットくらいはあってもいい」

遠智は、大体の一区切りなどと言ったが、それが何を基準にした数字なのか、私にはよくわからなかった。

しかし、夢のある話ではあった。サーフェイスLANを使って町中でも質量移動ができるようになり、そこから凄まじい電力が取り出せるようになれば、それこそ未来的な、まるでサイエンス・フィクションのような話だなと、そうなれば、たとえばエネルギーにある種の指向性を与えて、いやいや、この理論の可能性はもっと広いはずだ、私は新しい発想に頭を四方八方へと巡らせて、ふと顔を上げると、遠智が私を見て、いつもの微笑みを浮かべていた。

「君は、本当に、サイエンスを愛しているね」

私は、まっすぐに見つめられ、なんだか気恥ずかしくなって目を逸らし、

「君だって同じだろう」

「ああ、そうだね。僕も、サイエンスを愛している。だけれどそれは、世の中や社会、つまるところ、人というものに裏切られた、その代わりとしての、単なる代償の愛なのかもしれない。大兄君、昔の話を、少し聞いてもらえるかい」

私が頷くと、いつも背筋の伸びた遠智が、めずらしく壁にもたれて、

「学生の頃にね、女と付きあっていたんだ」

「うん」

「三年付き合って、お互い好きあっていたから、学校を出るのに合わせて婚約した。互いの両親に挨拶し、家を借りて、同棲を始めたのさ。二人で暮らし始めてから、少しずつ家財を揃えながら、式の相談なんかをしていた。けれど、その女には、実は僕と会うよりも昔から、付き合っていた男がいた」

遠智が平然と言ったので、むしろ私の方が少し慌てたが、何とか堪えて、顔に哀れみなどが出ないように努めた。遠智はそのまま続けた。

「僕がたまたま仕事を早く終えて、家に帰ると、知らない靴があった。なんだろうと思って、家に上がったら、寝室から声がしたよ。戸をそっと開けて、隙間から覗いた。それからもう一度閉めて、静かに、家を出た。それから近所の公園に逃げて、便所で吐き戻した後、二時間も置いてから家に帰ると、彼女が、いつも通りに出迎えてくれた。夕食があったので、向かい合わせに座って食べた。彼女は機嫌良さそうに、式の引き出物の相談をしてきたよ。どうも、僕と暮らしていたのは、得体のしれない化け物だったらしい。僕は恐怖した。もし彼女の不貞を知っていることを悟られたら、この化け物に殺されると思って、表面を取り繕って誤魔化し、夜は二人で買った寝台に入って、知らない男の体液が付いているのを知りながら、それでも逃げられずに、朝までずっと吐き気に耐えた。地獄さ。それからは、助かりたい一心で離別を進めた。その女は、彼とは別れるつもりだったんです、本当に好きなのは貴方なんです、なんていう代筆作家が考えたような台詞を並べ立てて、ああ、これは本当に人間ではないのかもしれない、機械的な反射で言葉を並べるだけ、一見して自我のように見えるだけで、その実は神経節の反応で動くだけの、昆虫のようなものなんだと理解した。そうして僕は、その本質的な理解と引き換えに、ほとんど全てを失ったのさ」

私は言葉を無くし、酒を呷ったが、飲み干しても次の言葉が出ず、注ぎ足そうとして、しかし、瓶は空で、沈黙だけが続いた。遠智は、話す前も後も変わらず、涼しい顔で微笑んで、

「それでも僕は、まだ生きられる。僕にはたった一つだけ、最後に縋りつける希望、永久不変の星、サイエンスがある」

遠智は手を伸ばして、私の手に触れた。私は突然の接触に、体を震わせ、緊張した。

「大兄君。君となら、やれるんだ」

「なにを」

彼は答えず、目を細めて、

「その前に、君も気付かなければいけない」

「だから、なにを」

「迷っていては、とてもじゃないが、成し得ないことなのだからね」

遠智は、触れていた手を離して、

「中砥生美」

「……」

「素敵な女性だよ。あれは、自己の基盤が強固で、揺らぎが少ない。安定というのは、女性の魅力に繋がる。女性というのは元来、子を成して、育てるという、いわば人間全体の基盤なのだから、安定が美徳となるのは必然だね」

「中砥が、どうしたんだ」

「ごまかすなよ。彼女の魅力を一番に感じているのは、他でもない君さ。君は、彼女が好きなんだろう」

刃物で突然斬りかかってくるような遠智の言葉に、少し動揺したが、しかし、その内容自体は、あくまでも真であって、私はその時、すでに友人として心を開いていた遠智に、打ち明けるように、頷いた。

しかしそこで、遠智の顔が変わって、

「へえ？」

彼は、嘲笑した。

「本当に、中砥君が好きなのかい？」

「そうだ」

「どこを？」

「それは、まさに今しがたに君が言ったような、女性としての魅力……」

「冗談じゃない。真に受けるなよ、あんなものを。安定だの、強い精神だの、君はそんなものにまったく興味がないだろう、何度もごまかすな、なあ、大兄君、君が好きなのは」

遠智は、彼に似つかわしくない、いやらしい笑顔を広げて、

「彼女の体だろう？」

ぎょっとした。

こいつはいったいなにを、と狼狽する間に、遠智はいつもの笑みに戻り、ため息を一つ吐き、

「大兄君。君は、女性の体が好きなんだろう？」

それは、違う、と心の中で上がった抗議の声は、しかし口から出ることはなかった。

口の所には、私の言葉が本当か嘘かを確かめる検問があり、その検問には、幼い頃に家に居た女中と、入鹿が居た。

「君はね、女の脳味噌、女の精神、女の心になんか、一切の興味がないんだよ。君が求めているのは、渇望して止まないのは、女の体だけさ」

「おい」

「体と言ったらわからないかい？　じゃあ、首だよ、肩だ、足だ、尻だ、乳房だ、陰部だよ」

「おい、やめろ！」

「しかし、君はそれをごまかして生きている。自分は女性を愛せます、普通です、真人間ですと念仏みたいに唱えながら、ああ、ばかみたいだね、唱えれば唱えるほど、どんどん人間らしくなくなっていくだけなのに。僕は人間です、なんていうやつが、人間であるわけがないよ。気付いていないのかい？　もう周り中が、奇異の目でいっぱいだって」

「出て行け！」

私は遠智に摑みかかり、無理矢理引き起こして、玄関に押しやった。遠智は抵抗するでもなく、襟首を摑む手を丁寧に解くと、戸を開けて出て行った。去り際に、妙に優し

い目をして、

「君は悪くない。女の体は良いものだから」

と言っていた。

おいで。

見たいの？

女中の言葉が聞こえた。いやらしい響きの、いやらしい意味しか含まれていない、下卑た女中の声が、耳の内側に、小波のように繰り返し打ち寄せた。私は頷く。女中は服をはだけ、胸を顕にする。血色の良い乳房が揺れ、指が柔らかさを感じる。肌色の山、桃色の突起、数多ある色の中からの二色、数多ある形の中からの二つ、なぜその組み合わせなのか、なぜその二つなのか、何も理解できぬまま、それが窮極であることだけが、この世の真理として与えられた。力任せに揉みしだきたいという欲求が生まれても、それはしないし、できない、なぜなら女の体は、神々しくて、神秘で、粗末に扱うなどとんでもない、祀られた御神体そのもの、神域であるからだ。女の肌の表面とは、此岸と彼岸の間の柵であり、越えることなどは天地がひっくり返っても有り得ず、ただ、柵に触れること、それ自体が、途方も無い喜びである。その肌色の境界を見つめる、撫でる、弾力を確かめる、嗅ぐ、口を付ける、舌を這わせる、それに優る喜びなど、この世に無い。私は何度もそれを繰り返す。飽きることなく、何日も、何十日も、何百日も続く愛撫の日々、頭が麻痺し、考える力が剝ぎ取られ、それこそ昆虫のような、いや、もっと酷い、烏賊から取り出した一本の神経、電気の極をあてがうとびくりと反射するだけの、生き物とも物ともつかぬ存在に成り果てる。しかしそれが、人間でも生命でも無くなってしまうような自殺じみた感覚が、たまらない快感であり、逃れられぬ快楽である。ああ、だから女の体は彼岸の境界であるのか、と私は得心し、絶妙な安心の中で、女中の乳房を揉む。

私達もこんなふうにできているんだねえ。

入鹿の声がした。彼女は微笑み、喜んでいる、純粋な気持ちでもって、幼くて稚拙なサイエンスの話を聞かせてくれる、しかし、その後ろに、何故かもう一人の入鹿が居て、脱衣する、運動着に手をかけ、まくり上げて肌を晒す、私はそれから目が離せず、着衣した方の入鹿の話が次第に聞こえなくなる、着衣の入鹿はねえ、聞いて、聞いて、と揺すってくるが、私は、待って、後で、と断り、本能のままに、入鹿を無碍にして、入鹿の裸体を眺める。なぜ私の話を聞いてくれないの、としつこく食い下がる彼女に、同じ入鹿なのだからいいだろう、と言った。違うよ、と漏らし、入鹿は列車に乗った。汽笛が鳴って、もう汽車が出るのに、私は着替える入鹿から離れられない。汽車は動き出した。私は乗れなかった。入鹿を乗せた汽車が、最初はゆっくりと、次第に速くなり、ついに車輪を浮かばせて、空へと駆け上がって行く。最後尾の車輛の窓から、悲しそうな入鹿が見ていた。私も悲しかった。鉄道は星になり、見えなくなり、振り返ると、もう一人の入鹿も消えていた。唯一残された私は、絶望に包まれて、崩れ落ち、咽ぶ。なぜ汽車に乗らなかった、なぜ入鹿と行かなかった、こんなところには誰もいない、何もない、私一人きりではないか、気が狂いそうになり、なにか無いかと地面を這いまわると、濡れた白い糸が一本落ちていた。神経だった。触れるとびくりと震えた。その神経こそが、この何もない世界の住人であり、私は彼らと同じ、一本きりの神経になって、時々電気を流す。そこはただの地獄であった。

暑い、窓を開けてもよいですか。

ああ、中砥。

夏の日が蘇る。灯りの浮いた肌、汗ばんだうなじ、あの時は留まった、しかし留まらなかったら、私は彼女に触れていたのか、抱いていたのか、あれから約三年の間、ついぞ一度も目にすることのできなかった中砥の体が、あの時手を伸ばしていれば、そう思うと、津波のごとき後悔が押し寄せて、精神が木っ端みたいに翻弄された。しかしあの時留まったからこそ、と必死で心を安定させようとしても、代わりに手に入ったものを思い出すと、自己満足や、意味不明の見栄、虚栄ばかりであって、そんなものをいくら天秤に乗せても、彼女の体と釣り合うわけなどなかったが、それでも私は、必死で皿にぶら下がり、自らの全体重、全存在を掛けて、天秤の拮抗を守ろうとした。私は生きたかった。この世界で生きたかった。この世界を望む理由は、ただそこに女が居るからであり、そして私を世界から引き剝がそうとするのも、やはり女であった。

数日休んでのち、研究室に顔を出すと、中砥が剣幕で詰め寄った。いったい何をしていたのか、連絡もつかず心配をした、と怒りながら捲し立てた。私は冷静に、親戚に急に不幸があったと説明して彼女をなだめた。

下宿で考え込んだ数日の間に、私はなんとか心の平静を取り戻し、普通に振る舞える程度になっていたが、しかし今の私を保っているのは脆い、紙の鎧であった。私は中砥との間に、いつもの薄皮に加えて、その紙を挟んで堪えた。今は、あまり彼女に近づくのはまずいと解っていた。

しかし中砥はどこまでも冴えた人間で、私のその僅かな変化を感じ取って不審に思ったようで、翌日、仕事を終えて下宿に戻ると、笠野が待っていた。どうやら中砥から、私の事に関して連絡が行ったようだった。大体半年ぶりぐらいに会った笠野は、特に変わらずに、いつもの雑な調子で、飲もう、と言った。

「遠智とか言う奴に、そそのかされているようだが」

三杯も飲んだあたりで、笠野は切り出した。

「そそのかされているというと」

「いや、実は俺も、よくは知らないんだがね。中砥がえらい心配していたもんでなあ。その遠智？というのが来てから、お前さんが妙だって」

「特に変わりはないよ。中砥の勘違いだろう」

私は努めて冷静に答えたのだが、元来あまり演技の達者な方でもなく、もしかすると笠野も、何かの妙を感じたのかもしれなかった。私はごまかそうとして、酒を注いだ。

「まあ、お前が妙なのは昔からか」

「そうそう、だろう」

丸め込もうと調子よく合わせてやると、笠野もいよいよ調子に乗ってきて、

「実際のところ、お前の妙には手を焼かされた。もういい大人なんだし、そろそろ落着いちゃどうだい。俺からしたら、たまに眺めるだけだからまだいいが、世話女房の中砥は、たまったもんじゃないだろう」

その上からの物言いが、少しかちんときた。笠野は割にこういう言い方をする奴で、そこに一々見下すような気が無いことくらい、長い付き合いで知っていたのに、この時

の私はやはり弱っていたようで、笠野の口振りを真正面から受けてしまって、気を損ねた。

妙だなんて偉そうに言うが、何がどう妙なのか、お前はわかっているのか。どういった妙なのかを具体的に説明もできずに、変だ、おかしいと言うだけ、だとしたら、本当に妙なのはそちらの方かも知れないではないか、それにひきかえ遠智は、とまで思って、私ははたと気付いてしまった。

私は無意識のうちに、遠智の言ったことを認めてしまっていたのである。つまり私のもつ妙とは、女の心とは別にして、女の体が好きだという一点であり、遠智の指摘は正鵠を射ていて、笠野はそれがわかっていないのだと。

笠野とは長い付き合いだったが、私は彼に対して激昂したことなどなかったし、摑みかかったことなど一度もない。しかし遠智の言葉で私は憤慨した。笠野相手にはできないことを、遠智にはやった。それは偏(ひとえ)に、彼の言葉が真実だからであり、彼とならば、見栄や、建前を抜きにして、恥も外聞もない本当の言葉をぶつけあえる、そう感じたから、私は摑みかかることができたのである。

目の前で飲む笠野との間に、いつもの薄膜を感じた。それ自体は、昔と何ら変わらないが、しかし、それよりも近くに誰かが現れた時、私は笠野との距離を、以前よりも遠く感じるのだった。

笠野は、酒の杯を置くと、わずかに神妙にしてから言った。

「お前、中砥のこと、どうするんだ」

私は俯いた。たった今、笠野との間に感じた距離、それは同時に、私と中砥との距離でもあった。私は頭の中で、中砥の姿を思い浮かべたが、今日会ったばかりのはずの中砥の像は、薄膜のせいでぼんやりと滲み、顔を上手く思い出すことができずにいて、だから笠野の質問にも、やはり上手く答えられなかったのである。

その日を境に、遠智と過ごす時間が長くなった。研究室では四六時中行動を共にしながら、高度なディスカションに明け暮れ、仕事が捌けたのちも、酒を片手に研究の話ばかりしていた。その頃、以前から着工していた質量傾斜荷重器施設の建設が進んでいて、施設の完成までに基礎理論を細部まで詰めなければならなかった。計画の中心であった私と遠智が一緒に居たのは、そういった仕事の要請からであったが、同時に、私自身の希望でもあった。

同じ頃に、遠智は、自分の母国と連絡を付けて、画面と通話を使って、米国の研究者ともディスカションができるようにした。通話機を頭に付けて画面に向かうと、もさもさの髭を蓄えた、赤毛の四十男が映った。相手はロングロウドといった。幸い英語は人並みにできたので、会話は問題なかった。

「大学の研究者？」

ロングロウド氏は、肩を竦めて、

「いや、大っぴらには言い辛いが、五角形だ」

国防総省（ペンタゴン）。

なんと、その男は、米国の政府組織に属する人間で、軍事研究に携わっているというのである。いわゆる「研究」という業界は、学術の分野であっても、最初に発表されたものこそが評価され、後発のものはあらゆる意味で無価値となる、いうなれば「先駆者の誉（ほまれ）」の世界であるため、競争は苛烈を極め、特に情報の扱いには細心の注意が払われるものであるが、ましてや軍事研究などといったら、一度漏れでもすれば国までもが敗北を喫するような、恐ろしく責任の重大な機密を扱う世界であろう。そういった立場の人間が、いくら遠智のつてがあるとはいえ、自らの研究内容を明かすというのは、異例といえる事態であった。ただ、画面の中の中年は、自宅で私服という雰囲気によってか、妙に砕けて見え、子供じみた着物の柄や、背後に映り込む漫画映画の人形などのせいもあって、彼が本物の軍事研究者などとは、俄に信じられなかった。とはいえ、そんな負の印象も、ディスカションが始まれば霧散した。

ロングロウド氏は、遠智と比しても劣らぬ優秀な研究者であり、私は興奮に包まれながら、画面の前で丸一日近く彼と議論した。彼が国防高等研究計画局で構築していた理論は、我々の研究する質量傾斜に近い理屈のものであり、ロングロウド氏の理論は、固体的、無機的な質量移動に向き、我々の理論は、より流動的で変化的な、液体、気体などの扱いに長けることがわかった。

「移動、の概念が変わります」

私はロングロウド氏に説明した。

「エネルギーを与えて動かすのではなく、空間自体の偏り、傾斜を作り出して、その影響下のものを動かす。所謂重力とは別の軸となります。一粒の素粒子をA地点まで動かしたければ、空間上のAを低くして、Bを高く上げるのです、傾斜を作れば、自然とA地点に向かっていくはずです」

「とんだ新兵器だな」

ロングロウド氏は、笑いながら言った。

「二つの原子を一点に移動させれば、それだけで核融合だ」

「通常の概念の移動とは違います。熱、速度ではないのです。空間からエネルギーを取り出すようなもので、高圧も、高熱も、必要ないのです」

「こいつは、気軽には公表できないぞ。兵器転用でもされれば、核など目じゃあない代物だ」

そこで遠智が、子供のように微笑んで、

「兵器だなんて、一番つまらない使い方だよ」

両手の指で素粒子の動きをジェスチャしながら、

「上手く使えば、対生成だって制御できるだろう。取り出したエネルギーから質量を生み、さらにそこから移動させて、並べ直せば、自在に物質を作り出すことができるだろうね。そうだな、たとえば黒鉛のように、至って単純な組成物を移動構築できるようになったとしよう。筆記中に鉛筆が折れる、その時に機器を稼働させる、するとサーフェイスLANが、効果範囲内にエネルギーを取り出して、そのエネルギーから黒鉛を作り、折れた芯をその場で修復できるようになるのさ」

遠智の遠大な想像を聞いて、私は嘆息した。折れた鉛筆が、削りもせず、元の姿に修復されるという世の中。はじめて上京した時に、電話の電池が回復するのに驚いたあの日から、随分遠いところまでも、見えるようになってしまった。

「まるで、魔法だ」

遠智は、やはり涼しい顔で、

「いや、サイエンスだよ」

私と遠智とロングロウド氏は、以降も連日ディスカションを繰り返し、お互いの知見を惜しげもなく交換して、質量傾斜理論を、完全な形へと煮詰めていった。その中で、ふと遠智に、彼の奇妙とも思える前歴について尋ねてみたが、彼はいつもの涼しい顔で、にこにことごまかすばかりで、何一つ話さなかった。

そうした熱心な研究の日々の最中、本当に突然、父の訃報が届いた。

私は慌てて、数年かぶりに実家に戻った。連絡をよこしたのは、昔から世話になっている父の会社の経理士で、実家で待っていたのもその老人だった。父は就業中に脳溢血で倒れ、それから数時間で敢え無く旅立ったという。事のあまりの急に、私は深く悲しむ暇もなく、狐につままれたような気のままで葬儀を行った。葬式の支度などほとんど何もわからなかったが、先ほどの経理士や父の会社の人間が率先して用意してくれたので、私は喪主として立つだけで済んだ。父の式に、親類はほとんど来なかった。元々父には、事業を起こすにあたって実家の反対を押し切ったという経緯があり、親戚や縁者とはほとんど絶縁状態であったので、亡くなっても大半の人間と連絡が取れず、出席者は仕事の関係者ばかりであった。通夜の際、記帳の名簿を眺めて、父という人間の大部分は仕事で構成されていたのだと、改めてしみじみと感じた。そうして受付の名簿を覗いている時、ある名前で目が止まり、それは、一度はさらりと通り過ぎてしまう程度に忘却されていて、しかし心の奥にはずっとあり続けていた、自分という者の芯材に打ち込まれたかすがいのような女の名前、つまり、母の名であった。

読経の後、通夜振る舞いとの僅かな間、私は母と対面した。最初、母は経理士と話をしていて、後から聞いた話だが、もう二十年も前に離縁していた母は、流石に遺産が欲しいというようなずうずうしい話はしなかったようだが、借金などは無いか、もう自分も別の家があるので面倒事は避けたい、これを機に連絡はしないでほしい、というような、心配の種を潰す話を経理士にしていて、その途中で、私に気が付いた。

母は最初の一瞬、あ、と、何かことを損なったような顔を見せたが、すぐに取り繕って、お悔やみの顔で私に話しかけた。二歳の前に出て行って顔も覚えていなかったので、本人と経理士から母だと聞かされたが、私は通夜の時の周囲の状況から、なんとなくこの人がそうなのだろうと思っていたので、別段の驚きはなかった。派手でも地味でもない、言ってしまえばよく居る中年の女性で、少し太っていて、目がたれていた。母は私に対して、過度とも思えるほどに気を使いながら、なんだか地雷原でも歩くみたいに、慎重に言葉を選んで話をしていた。私もまた、あえて近寄るような、踏み込むような話はせずに、こういった学校に行って、今はこういった仕事をしています、と、身の上を簡潔にまとめて話した。

この時、私は、人生の中にある幾つかの問題の答えを、また一つ得ていた。

幼い頃から父子家庭で育った私は、それまでの人生で「母性」というものに触れたことがなく、それはまさしく言葉の通りの、親の領分の事象であるため、自分がどうこうしても手に入れられるものではなく、また調べてわかるものでもなくて、言うなれば完全に未知の事柄であった。そんな未知の「母性」に対して、私は自分でも知らぬうちに、ある種の美化を重ねていたようで、母、母性には自分の知り得ぬ素晴らしいものがあるのではないか、と思っていたのである。それはたとえば、もつれた二つの量子が空間を隔てても回転の関係で繫がっているように、母と子の間にも、上手く説明のつかぬ「絆」が存在していて、そのエンタングルメントこそが「母性」なのだと夢想していた。

しかし、現実の中で母と対面した時、期待は簡単に搔き消えた。母はすでに別の家庭を持って、別の人生を生きる一人の人間で、同時に私も母とは何ら関係なく、自分の人生だけを楽しみ、それだけに苦悶する、完全な個別の人間でしかなくて、その間に非局所的な相関などは存在しなかった。それを証明してしまったのは、やはり私の忌まわしい性状であった。

私は、再会したほんの一瞬の間に、母と名乗った女性の、体を見ていたのである。

自分で気付いて、ああ、と心中で呻いた。私は母の体を査定した。五十になろうという中年女性の体は、いいや、仮に年齢という要素を省いたとしても、その体は、できていなかった。身長の違う自分と同じくらいであろうと見積もれる目方、輪郭も、質も滅び、ゲシュタルトが崩れていて、でもそれは、実は長い時間をかけて風化されたものでもなくて、きっと最初からできていなかったのだろうことも、一緒に見て取れた。実の母の体を分析し、位を付け、できてる、できてないなどと考えるという、人の道を外れた所業。もちろん、下劣だ、汚い、と自分を諌める気持ちはあったのだが、しかし、もう一方では、私は自分の下したジャッジ、母の体に付けた数的な評価を、正しいと思ってしまっていた。明確な数的分析が、倫理などというぼんやりしたものよりも強く心に訴求して、それが私と母を、神聖な親子ではなく、完全に個別の男と女に貶めた。心の中で、固く食い込んでいたかすがいがするりと抜けて、屋台骨だと思っていた木材の一本が、自然に離れて、どこかに消えていった。母は通夜振る舞いにも出ずに、そさくさと帰っていった。それ以来、私はあの人と会っていない。

あの時の一連、父の死、そして母との再会をきっかけにして、私はまた一歩分、人から離れたのだと思う。父親を亡くし、母親とは関係の上でも、心の上でも決別し、まごう方のない天涯孤独の身となったことで、私を繋ぎ止めていた何本かの線のうちの、一本が切れたのである。どんなに疎遠であったとしても、家族が居るという事実は、私と人間社会の強靭な繋がりであったのに、それを失ったことは、本人が思っている以上に大きな変化だったのかもしれないと、今ならば考えられる。

葬儀が終わって経理士が財産を整理した。事業を回していた父は当然ながら借金もあって、会社と私有の資産などは、返済と従業員の給与に当ててとんとんであると説明され、その時に実家も一緒に処分された。結局残ったのは数百万程度の金だけで、預金に放り込み、それで終わった。私は再び研究の日々へと戻ったが、しかし私の心が、前よりも一段暗い方に引き寄せられていたのは確かだった。

その変化の影響の一つだろうか、忙しい日が続く中で、中砥とは、少しずつ離れていた。仕事の分担の都合で、共に過ごす時間が重ならなかったせいも、もちろんあるのだが、それ以上に、気持ちの壁というか、私自身の心の弱さが原因であった。

以前に言われた遠智の言葉で、自分自身の生来の本性に向き合ってしまってからというもの、そんな下品な人間が、新雪のごとく穢れの無い中砥と、どんな顔で接すればいいのか、わからなくなっていたのである。母との一件は、それに拍車を掛け、私はいよいよ、中砥に近付くことすらも悪であるというような、脅迫的とすら言える心情に囚われるようになってしまっていた。そして中砥も、私のそういった戸惑いや変化に気付き、様子を探るうちに、交流の時宜を逸しているのが感ぜられた。私達は、お互い憎からず思い、むしろ近付きたいと、何年も前から思っていたはずなのに、終ぞそれができなかった。それこそ野球でいう「お見合い」のようで、お互いが距離を測り違えて、結局真ん中にぽとんと落ちてしまう。私と中砥はそんなことを繰り返しながら、いつの日か、落ちてくる球が突然卵に変わって、二度と取り返しが付かなくなる日が来るのを、恐れながら暮らしていたのである。

中砥に寄れず、笠野とも壁を感じ、家族も失って、私に残っていた人間は、もう本当に、遠智だけになっていた。遠智とはサイエンスで繋がっていた。私は彼と一緒に、病的な勢いで研究を進めた。

研究室の棚に、誰かが文庫本を置いていた。何の気なしに開くと、谷川俊太郎の詩集であった。その一編を読み、それから、たまに、その本を開くようになった。

人類は小さな球の上で
眠り起きそして働き
ときどき火星に仲間を欲しがったりする

火星人は小さな球の上で
何をしてるか　僕は知らない
（或いは　ネリリし　キルルし　ハララしているか）
しかしときどき地球に仲間を欲しがったりする
それはまったくたしかなことだ

万有引力とは
ひき合う孤独の力である

宇宙はひずんでいる
それ故みんなはもとめ合う

宇宙はどんどん膨らんでゆく
それ故みんなは不安である

二十億光年の孤独に

僕は思わずくしゃみをした

私と遠智。

この世には、物性だけではなく、人間同士の関係にも、方向というものがあって、たとえば私と遠智は、いつの間にか歩を共にして、遠いところまで来てしまったけれど、その方向が上であったか下であったかは、今もって定かではない。お互い高め合い、天上へと昇っているのか、それとも、羽を縺れさせた二羽の鳥のように、飛ぶ力を失い、錐揉みになって、コーキュートスの底へと堕ちているところであるのか、それは私にも、遠智にも、あるいは彼女にもわからないことである。唯一つ言えるのは、宇宙には、上も下も左も右も前も後ろもなく、故に正も誤もなく、しかし、間違いなく、宇宙はひずんでいるのである。

忘れられぬ日となった。夏の終わりの夜、大学の樹木では、やはり都会の蟬が昼夜を問わず鳴いていた。その日は、とうとう漕ぎ着けた検証実験の前日で、私と遠智は、機器の最終調整と、実験に用いる試料の準備で、最後まで研究室に残っていた。その準備も、十一時前にはなんとか片付いて、私達は酒屋に行って多少の酒を買い、大学の学舎の二階、廊下の窓を抜けた先の、コンクリートの屋根上に出張って、小宴を開いた。汚い白衣のまま、蒸し暑い夏の夜風の中、私たちはお互いの仕事を労った。

「ペレットの計測は、きちんとやったか」

そう聞くと、遠智は肩をすくめて、

「やったよ。そこでへまをしたら、それこそ弁償ものだ」

「まあ、君が間違えるとは思わないが……。それに、たとえ一桁間違えたって、機械が壊れるほどではない」

「でも二桁間違えたら、きっと壊れるだろう？」

「そうしたら、まあ、弁償だな」

「六桁間違えたら？」

「大学丸ごと弁償だ」

二人でけらけらと笑った。翌日の実験は、理屈だけで言えば大きな危険を伴うようなものではなかったが、それでも未知の作業に挑むという部分もあり、不安がなくはなかった。もしあの時、実験を主導する人間が私しかいなかったなら、それこそは不安で眠れないというほどだったのかもしれない。しかし研究室には、私と同じ程度に理論を理解した遠智がいて、それがどれほど私の心の救いになったかわからない。

「上手くいくだろうか」

私はほろ酔い加減に乗っかって、弱音を漏らした。

「そんなに怯えることはないよ。明日の実験は、大層簡単なものじゃないか」

「うん、わかっているんだ、つい」

「失敗のしようがないくらいの、基礎的な検証だ。僕はむしろ、君は実験の成否よりも、そこから引き出される付随物に、もう少し思考を割くべきじゃないかとすら思うんだ」

「うん?」

「そういった方面で、君は、あんまりにも幼い」

なんだか小馬鹿にされたようで、少しむっとしながら、

「じゃあ、付随するのはなんだ」

「大体が、サイエンスと何ら関係ない、余計なものだよ。経済だとか、社会だとか、そうそう、倫理だとかね。僕らの研究は、とても罪深い」

「そう?」

「ほうら、わかっていない。いいや、わかっているけれど、目を逸らしているだけなんだな。君は本当に繊細で、ピュアだ」

私は、さすがにいらいらして、

「僕が、何をわかってないというんだ、説明してみろ」

「罪だよ。サイエンスには罪などないが、人には罪がある。僕はもう、とうに気持ちの整理をつけているけれど、君はいや、まったく準備不足だ。明日はもう最初の一歩なんだよ。そろそろ覚悟を決めてもらわないと」

「何を言っている」

「君が知っていることを、僕に説明させるのか。甘ったれだな」

遠智は、以前に一度だけ見せた、あの、彼らしくない、いやらしい笑みを浮かべた。

「いいかい、大兄君。僕らがやろうとしているのはね、質量とエネルギーの制御、物性のあり方に手を入れる行為なんだ。明日は並べ替えるだけだ、けれどその次には、原子の中を並べ替えて、物性の変換、錬金術紛いのことをすることになるだろう、そうしたら次だ、質量を生み出すんだ、ああ、もう止まれはしないよ、傾斜を与えられて坂を転げるように、行き着くところまで行くしかないのさ、僕らは、きっと、そう遠くないうちに、最後の物を作るだろう」

「なんだ、最後の物とはなんだ」

「人間」

頭の中に、急に氷柱でも差し込まれたような気がして、

「なにを……」

「僕らは人間だから、最後に行き着くところは、人間しかないんだよ。何人も逃れることのできない縛りだ、人間が求めるものは、唯一、人間だから」

「ばかげてる、生命体を作るなんて」

「いいや、君にはそれができる。そして君自身が、できることを知っている。おおまかに、いつ頃できるのか、その目処すらも、君の頭の中にはもう立っているはずだよ。ただ、怖くて、見ないようにしているだけで」

「できはしない、できるわけが」

「君自身も、それを望んでいるじゃないか、君は作りたがっている、人間を、人を」

遠智の言葉が呼水となって、気味の悪い感情が胸の奥の穴からどろどろと湧き出した。自分は人間であり、その人間が人間を作るというルウプ、その輪がすごく間違っているようで、けれど一方では、その輪こそが何よりも正しいような気がして、自分の心が両側に引き裂かれて、隙間から内臓が覗いた。遠智は、それを作れと言っていた。

「そうしたら、君はもう、あれを作れる」

「なん、だと」

「今、思い浮かべたね」

あれ。

頭を振って否定した。否定してしまった。私は、あれが何かをわかっていることを、探偵の罠にはめられた推理小説の犯人のように、自分自身で認めてしまった。

あれ。

「骨と肉を構成して、血を巡らせるだけだ、簡単だ」

「やめてくれ」

「できるよ……」

「やめろ」

「君の希望は叶うよ……」

「やめろ」

「さあ……」

「人間を作るなんて非人間的な真似ができるか！」

立ち上がり、校舎へと戻って、乱暴にその場を離れた。廊下を走り、建物を飛び出して、大学を駆け出た。

人間を作る。

ばかだ、ばかなことだ、と呟きながら、夜の町を狂人みたいに走って、言問通りに出たところで、中年の女性を見かけて、その見ず知らずの人、つまり人間自体から、おぞましい気味悪さを突然に突き付けられて、堪え切れずに、電柱の下に吐いた。中年を見ないように目を逸らすと、別の方からも人が来て、私は再びこみ上げるものを抑え、その場から逃げた。人間のいないところにいかなければと思った。猛獣に追われるような勢いで裏路地に逃げ込み、住宅の間を抜けると森が見えて、根津神社の境内へと入り込み、誰も居ない深夜の境内の端っこで、植え込みの中に突っ込んで、頭を抱えて蹲ると、がたがたと全身が震えた。

脂汗が止まらず、地面に爪を立て、土を掻きむしった。土の一片が握られ、私はそれをじっと見る。これは土だ、土塊だ、しかし遠智の言葉、人間を我々の手で作れるようになるのなら、人と土、物と命に、いったい何の差異があるというのか、いいや、もともと差異などない、土から人は作れるのだ、そんなことは知っていた、そしてそれが目的であったのだと、私の本心は、今更言っていた。その時は、もうわかっていた。明日の実験が終わって、それから順当に研究が進むなら、人を作り出すまでに、二十年と掛からないだろうと。そして知りながら、私は、その罪から目を背け続けていたのだと。最悪。私のやろうとしていることは、この世の罪悪というものの臨界、罪と悪を鍋で煮しめ、不純物を蒸発させて、純粋な塊にしたような、醜怪を極める所業に違いなく、そして何より、それをやることに、本当はなんらの制約も感じていない自分の本性こそが、この世で最も醜悪なものだったのである。なぜ人間を作る、なぜそんなことを望む、人間を捨ててまでなぜ、自問を繰り返し、土を掘り、また吐く。酒と胃液と土がないまぜになった汚物が、私を見て、お前の方が汚いよと告げた。なぜ、なぜ私はこんなところに居るんだ、と呟きながら、私はいつのまにか、助けを懇願していた。醜悪な自分を救ってもらいたかった。綺麗で、なんの後ろめたさもない、普通の人間になりたかった。人の仲間に入れてもらいたかった。しかし、人を見かけて吐き戻すような非人の私は、もはや人と触れ合うすらも高望みに思えたのだが、ふと、私は思い至った。

中砥。

震えながら立ち上がり、植え込みを出た。そうだ、中砥だ、と、天啓を得て走り出した。何がサイエンスだ、何が人を作るだ、そんなことをしなくても、この世界には中砥が居る、親から生まれ、社会に育まれ、それだけでなによりも尊い、最高の人が居るではないか。手が震えた。中砥に触れたかった。今すぐに人に触れたかった。

中砥の下宿に来て、外の階段を走り上がった。部屋には灯りが点いていた。勢い勇んで扉を二、三度叩き、返事を待ちきれずに開けた。鍵はかかっていなかった。

玄関先で、もつれていたのは、私が渇望した人間ではなく、交わった、動物であった。理解が及ばず、その場に立ち尽くした。中砥が何かを叫んでいたが、意味はわからなかったし、もう一つの方が、なんなのかもわからなかった。歩いて、その場を離れた。後ろから声が聞こえていたが、遠ざかると、それも消えた。

それからどこをどう歩いたのか、気付くと、大きな川に出ていた。隅田川だった。堤の階段を降りて、川辺に腰を降ろし、さらさらと流れる水を眺めたが、うぉんうぉんと共鳴する音に脳を揺さぶられ、目眩が止まらなかった。揺れる視界で、両手を見ると、失くした、という強烈な感情に襲われた。しかし、いったい何を失くしたのかと考えると、上手く答えられずに、しばらく悩んでから、ああ、すべて失くしたのだと気付いた。そうしたら、おう、おうえと嗚咽がこぼれ、涙が止めどなく溢れた。

男はたしか、大学の同じ学舎でたまに見かける、別の部屋の院生であったと思う。私にとってはすれ違うだけの間柄で、中砥にとってはどうだったのかはわからないが、しかしもう相手の正体など、どうでもよかった。心の中に嫌悪も、憎しみも生まれず、今まで有った何かが抜けた後の、空間だけが残っていた。

私は失った。

中砥、人への信頼心、希望、何もかもが一瞬のうちに雲散し、寄る辺が一つもなくなり、ついには立っていた地面までも消えたような感覚になって、ひゅう、と夜の闇の中へ落下した。もう自分には何もなく、ならば何かをしたり何かであろうとする意味すらもなく、いよいよ最後には自己の境界すら失って、自分というものも、なくなるのだとわかった。ちょうど涙も出切って、柵の間から川に踏み込み、入水した。どぷん、と水に入ったら、何か、家に帰ってきたような気分になり、このまま死ねると思った。はじめは泡の音が騒がしかったが、次第にそれも消えていき、すべてが暗黒に消えて、私は無慈悲な宇宙へと還っていった。

宇宙が私を追い返した。がばっと目を開くと、私は川縁の、コンクリイトのブロックが積まれたような場所に、体半分引っかかるように浮かんでいた。早朝の日が昇っていて、川面が光っていた。結局そこは、水に入った場所から、百数十メートルしか離れていない対岸の岸だった。

目を覚ました時、自分の手は宙へと伸びていて、何かを摑もうという形をしていた。私は間抜けな顔で、その手を見つめた。伸ばした手は、何かを摑もうとしていた。いったい何を摑もうとしていたのか、手の形を見れば、誰の目にも明白であった。

三

死の宇宙と離別した私は、岸に這い上がると一度下宿に戻り、風呂と着替えを済ませて、大学に向かった。研究室に着いた時はまだ朝の六時で、自分が一番乗りだったが、しばらくすると中砥がやってきた。瞼が落ち窪んでいて、寝ていないことはすぐに見て取れた。

「私……」

中砥は、多分何か弁明をしようとしたのだと思うが、しかしその生来の聡明さから、私たちの間を綺麗に解決するような弁明など、この世に存在しないことにも気づいてしまっていて、なかなか言葉を継げずにいるようだった。私はそれが素直に哀れで、大丈夫、さあ今日は大事な実験だ、お互い仕事をしよう、と中砥を慰めた。その時、私は自分でも不思議なくらいに冷静であったと思うが、しかしその平静こそが、中砥にとっての針の筵(むしろ)であることまでは気が回らず、後になってから、私は本当に人の心というものがわからないのだと自省した。

それから順に人員が集まり、先生が来て、最後に遠智が顔を出した。彼は私に、

「昨日はごめんよ」

「いや……いいんだ」

「ありがとう」

そう言って、遠智は微笑んで実験の持ち場に向かったのだが、私はなにかが引っかかって、彼の背中を見つめた。いつもと変わらない、涼やかな遠智の笑顔が、なにやら変質しているように感じられたのである。見た目は同じなのに、中身が入っていないような軽さ……、そんなしゃぼん玉みたいな儚い顔が、じわりと心に残った。私は、もしかすると遠智が、今日の実験を最後にして、研究室を去ろうとしているのかもしれないと感じたが、それが誤解であったことは、すぐにわかった。

定刻になり、世界初の試みとなる、質量傾斜荷重器による傾斜実験が開始された。初号実験は、最も単純な証明を果たす内容であった。用意した有機化合物、ペンタセン分子を、最初に原子間力顕微鏡で測定する。続いて試料に対し質量傾斜をかけて、化学反応によらずにベンゼン環を割り、二つの分子に分割、最後に正しく分割できたかを原子間力顕微鏡で確認する、という工程であった。質量傾斜による分子大の物体の移動、理論通りならば、当時の機器でも一千億分の一メートルの単位で、移動を操作できる。

まず遠智が顕微鏡で試料を測定した。先生と私、遠智、他の参加者も揃って計測結果を見て、正しい分子と位置であることを確認し、試料を質量傾斜荷重器の中心に据えた。巨大な機器が、左右からゆっくりと閉じた。傾斜荷重器は八メートルもある装置だが、実際に傾斜場を発生するのは、試料が置かれた中心部の、細長い空間だけしかない。今でこそ質量傾斜自体に必要な電力は僅かで済むが、当時はまだ技術も未熟で、その狭い空間に傾斜場を作り出すだけでも、事前に国から許可を取らねばならないほどの大電力を必要とした。実験開始のボタンに遠智が手をかけると、先生が頷いて指示を出し、機器の稼働が始まった。

電力の供給は順調であり、傾斜場が作られ始めた。

「四〇〇、五〇〇」

遠智が荷重値を読み上げる。一〇〇〇、の声がして、予定の荷重値に達した。先生が遠智に声をかけた。

「どうだ」

「変化がないですね」

「なんだって？」

私と先生は彼に寄って、一緒に計測画面を読んだ。確かにその画面では、質量傾斜にともなって現れるはずの分子変化が見て取れなかった。

「おかしい」

私は僅かに狼狽えた。分子が動かないなら、必然的に理論に誤りがあるということになるが、何百度と繰り返した計算が間違っているとは、にわかには信じられなかった。

どうします、と遠智が聞くと、先生がしばらく唸って、

「荷重値を上げてみるか」

「先生、でも計算が」

「うん、理論予測値はわしも信じているが、しかし実測がずれるのもまたよくあることだ。それに考えてもみたまえ。今の十倍の荷重をかけたって、移動幅が数百ピコほども増えるだけで、大きな問題が出るわけじゃないだろう。一番の心配は電気代だが、どうせ払うのはお上なんだ。結果が出ないと次の実験もできないし、今回は多少金が掛かっても明確な数字が欲しいよ」

大筋、先生の言う通りで、荷重値を増やしても大した危険はなく、それよりは結果が出ないことの方がよほど怖かった。私と遠智は頷いて、荷重値を上げていった。

「一五〇〇、二〇〇〇」

予定の倍の荷重をかけたが、試料に変化はなかった。遠智はため息を吐いて、

「遅いなあ……」

私もまた、計算の倍も力をかけて無反応という結果に、自信を失いそうだった。先生は、一〇〇〇〇まで上げていい、と言った。遠智が機器を設定し、一定間隔で自動的に荷重値が上がるようにした。我々は経緯を見守った。

六〇〇〇を超えたところで、私は、ふと、ある数字に気付いた。遠智に声をかける。

「ちょっときてくれ」

「大兄君？」

「先生、気になることがあるんです、少し、ここを頼みます」

そう言って、私は遠智と一緒に実験室を出た。廊下の端まで行き、事務棚の陰に遠智を呼び入れ、

「数字が上がっていない」

「おかしいね、こうなると理論の方に不備が……」

「違う。電場の方だ。数字が微塵も動いていない」

私は気付いたことを説明した。傾斜荷重器には、すでに相当の高電圧がかかっているはずなのに、周りの機器の数値に、その電流の影響が一切見られなかったのである。

「つまり、計測機器が止まっているのか……、もしくは」

「もしくは？」

私はそこで言葉を濁したのだが、遠智は平然と、

「なぜわざわざ、外で話を？」

「……もしくは、君が、何か仕込んでいるか。計測画面に」

遠智は笑顔で、そうだよ、と答えた。

「おい、本当なのか」

「本当だよ」

「なんでそんな」

遠智は普段よりいっそう落ち着いていて、淡々と、

「僕はもう死んでいるようなものなんだ」

「遠智？」

「あの日、僕のほとんどは死んでしまった。忌まわしい、婚約者が不貞を働いたあの日に、遠智要という人間の、九十九パーセントが腐って、ぐずぐずになってしまったんだよ。そこからは余生だった。残り一パーセントに、ゆっくりと腐敗が浸透していくだけの、箱中の林檎がすべて廃れるのを待つだけの日々さ」

「何を言っている……」

「けれど僕は、その一パーセントで、光明を求めた。人生の最後の希望、生きる目標を見出して、それだけを人生の糧にして、今日まで生きてきたんだ。だから、それも潰えるのだとしたら、もう生きている意味なんて、ゼロだ」

彼は病人みたいな弱々しい笑顔を作って、

「大兄君。最後の希望は君だった。君がいれば、僕の希望は叶えられる。君に拒絶されたら、僕の希望は失われる。そして昨日、拒絶された」

遠智は、ぽろぽろと泣き出した。壁にもたれたまま、ずるずると座り込み、泣いた。切れ切れの言葉で、

「所詮、僕は壊れた人間で、けれど、君は違った。大兄君、君は僕の同類のようで、そうではなかった。わかっている。君は昨日、中砥君の所に行ったんだろう？　君には中砥君が居て、帰れる場所があった、だから僕とは違うんだ、腐った僕と生きている君が、同じ希望を持つなんて世迷言だったんだ。それでも、君と会えてよかった。君と、サイエンスの話ができて本当によかった。研究に携わったこの一年は、僕の人生で一番の幸せだった。これで十分だ。これで十分だ」

遠智は泣きながら笑ってみせた。

彼は勘違いをしていた。遠智は、昨晩私に降りかかった悪夢を知らないから、私もまた、彼と同じ地獄に突き落とされたことを知らずに、一人で悲しんでいた。私は、この大切な友人に、昨晩の顚末を話した。そして最後に、

「中砥は、別の男に抱かれたよ」

そう告げた時、非常に奇妙な心持ちだと思うのだが、少しだけ嬉しかった。その時、

私は初めて、遠智と本当の友人になれたと思ったのだ。遠智の味わった苦境の一片を味わった私は、彼と同じような人間になれたと感じた。私たちはよく似ていた。兄弟のようにすら思えた。

けれど、遠智は、まるでこの世の終末のような顔で、

「僕はもう、今日……、終わっても良いと、思っていたんだ」

白衣のポケットから紙を取り出し、私に見せた。数枚の紙にびっしりと書き込まれた計算、私はそれを急いで読み、そして、今まさに行われている実験の正体を読み解いた。長大な式は、一〇〇〇荷重に至ってからの、その先の反応を予見する、まさに悪魔の計算であった。

「まさか、今、この実験が」

「そう……」

私は矢のように走り出していた。遠智の計算、彼が機器に与えた質量傾斜の命令は、恐ろしく精密で、そして何より、危険なものであり、彼は試料容器の中に密かに、いいや、絶対に露見しようのない、無色透明の物体を封入していたのである。

酸素。

彼は荷重による高エネルギー化を、試料ではなく、密閉容器の中に満たした酸素に与

えていて、その傾斜場構成は、容器の中のさらに内側に小さな閉じ込め空間、即席の〝炉〟を作り出し、その中に何十億ケルビンにも匹敵するような条件を整え、そう、彼は、酸素を核融合させようとしていたのであった。それはまるで、恒星の中心部のように熱く、もし本当に、この計算の通りにエネルギーが取り出されるとしたら、私は走りながら検算し、反応時間のうちに発生してしまうだろう、原爆にも相当するようなエネルギー量の開放を弾いた。

大学ごと、吹き飛ぶ。

「大兄君……、緊急停止装置もみんな切ってしまった！」

後ろから遠智が、最悪の事を叫んだ。実験室に飛び込んで、荷重値を見れば、もう九〇〇〇を超えていた。先生達を散らし、機器のボタンをいじくったが、遠智の手によって自動荷重が途中で止まらなくされていて、もう残った方法は、たった一つしかなく、私は扉を開けて質量傾斜荷重器室に入り、閉じた機器の細い隙間から、腕を突っ込んで試料を押し出した。試料は容器ごと反対側に飛び出し、私の左腕には、指の先から肘、二の腕へと、順番に傾斜場の荷重がかかって、あ、と思うような間もなく、腕が裂け、塵になり、霧散した。肩口から噴き出した血が、赤い織布になって視界を覆い、そこで意識は途絶えた。四日の経過した後、病院の寝台の上で朧気に意識が戻った時、肩から先の無くなった左腕を見て、わずかに涙がこぼれたけれど、機器に腕を突っ込んだ時には、こうなることはよく解っていたので、腕が無くなったこと自体は自明で、私はそのことをそれ程悲しんではいなかった。ではいったいその涙は、何に対して流れたものなのかと考えると、上手く説明できず、そのままもう一度意識を失った。

微睡みの中で、幼い頃に見た彫像と向き合った。有名な女神の彫像は、あの時と変わらず、両腕の無い姿で、ああ、私にはまだ片腕が残っているから、もう一方も失わないと、彼女と同じにはなれないのだなと思うと、女神が口を開いて、貴方は一本でいいのです、と言った。なぜかと聞くと、女は二、男は一、これが世の決まり事だと私に教えた。なるほど、そう言われてみれば、たとえば子宮と陰茎を思い出してみても、性染色体を思い出してみても、女はいつも偶数で、男はいつも奇数であり、それがどうしてなのかまでは思い至らなかったが、現象論としては理解できた。私は残った右手で、女神の体に触れた。これでいいのだと思えた。

容態が落ち着き、ある程度の明確さで意識を取り戻した時、枕元に遠智の姿があった。話を聞くと、研究は一時凍結の方向になり、研究室は事後処理をしていて、解散の可能性もあるという。遠智は、自分の仕組んだ事故をまだ公表しておらず、どうするかは君に決めてほしいと言った。

「どうにでもしてくれていい。訴訟でも、復讐でもいい。君が死ねというなら、今すぐこの窓から飛び降りよう」

遠智の顔には、もう実験の時に見たような取り乱した様子はなく、私のよく知る、涼やかな遠智に戻っていた。それが嬉しかった。

「いいよ」

私は遠智に言った。

「別にいい。腕なんて、気にしていない。だって僕も、君と同じだった。前の晩に、この世の全てに絶望していた、だから本当はあの実験で、一緒に死んだってかまわなかったんだ。でも僕は結局腕を突っ込んで、その理由を考えていたけれど、今とうとうわかった。遠智、お前が好きだったんだ。僕の、嘘にまみれたくだらない人生、ずっと周りを騙し続けて、自分自身も騙し続けた、無為無益な人生の中で、君だけは僕の汚れた本質を見抜いて、その上それを認めてくれた。遠智、君だけが僕の仲間だった。だから僕は、なにがあっても、君だけは失っちゃならないと思ったんだ」

自分でも信じられないくらい素直に言葉が出て、残った右手を見つめた。

「僕は、女性の体が好きなんだ。それが僕の望み、希望なんだ」

それから遠智を見て、

「でも、君は違うだろう？」

「うん」

彼は、諦めたように笑って、

「僕は婚約者に裏切られた。ずっと好きだった女性に不義をされて、酷く傷付けられた。でも、それでも、僕は忘れられなかったんだ。彼女が優しかったことも、彼女が僕を好きだと言ってくれたことも、彼女が僕に与えてくれた全てが愛おしかった。結局僕は、女性を嫌いになど、なれなかった。でももう、彼女には戻れない、心が離れてしまった、新しい人に会いたかった、心を通じ合わせ、そして二度と離れることのない、最高の女性に巡り会いたい、それが僕の希望なんだ」

我々は、それこそ兄弟のように、屈託なく、お互いの事を話した。そうしていると、病室に来客が訪れた。男性が三人、内の一人は、以前から何度も通話で会っていたロングロウド氏だった。そして初対面の二人、私はそれぞれと目を合わせてすぐに、ああ、と思った。何も言われなくても、彼らのことがよくわかるような気がしていた。南米系の顔の男は、日系ブラジル人の研究者で、タチバナといい、元々はファッションデザイナーだったが、今は高分子化学を研究しているらしい。もう一人の黒人は建築学者のニースという男で、建物、都市環境を含む、広義の住空間を設計している、と流暢な日本語で言った。その二人に、国防総省のロングロウド氏を加えると、いよいよ彼らがどういった関係の集まりなのか、私には見当すらもつかなかったが、しかし彼らは間違いなく、何らかの組織、同志、一塊のグルウプであると感じられた。

「君たちは、何者だ」

「Y－ome（ワイオーム）」

彼らの組織、それはまるで物語の世界からでも飛び出してきたような、一番適切な言葉を選んで表現するならば、それこそ、「秘密結社」とでも言うべきものであった。話を聞くと、彼らの同志は世界中に散らばっており、たとえば有名な銀行の役員であったり、たとえば政府組織に属するような人間であったりして、普段は皆ばらばらに、それぞれの暮らしを全うしているが、その根底には強く流れる一本の河があり、たった一つの河口へと向かって同じ舟に乗り合う、まさに「同志」なのだと、遠智は説明した。大兄君、君は舟に乗るべきだ、と彼は言った。ここまできたら、察しの悪い私にも、彼らの向かう河口、その先にある広大な海が、はっきりと見えていた。遠智は、私に微笑みかけて、

「ロングロウドは、米国の先端技術を集めてくれる。それに、武器だって作ってくれる」

「うん」

「タチバナは、美しい服を作ってくれる」

「うん」

「ニースは、場所を作ってくれる」

「うん」

「僕は、心を作ろう」

「うん」

「君は、体を作れ」

私は、うん、と頷いた。

「人間を、作るんだな」

「いいや、違うよ、大兄君。そこだけは間違っちゃあいけない。いいかい、大兄君、僕達は人間を作るんじゃない。女を作るんだ」

遠智が手を差し出し、私は握り返した。

女を作る。

この世で一番の女を作る。

言葉にしたらあまりにも滑稽で、まともに相手をするのも馬鹿馬鹿しく、脳病院にでも連れて行かれそうな与太話であったけれど、私と遠智、そして彼らの怪しげな地下組織には、そんな愚かな夢を現実に変えるだけのサイエンス、力、何より、熱があったのである。質量傾斜理論にまで到達した私と遠智の頭の熱は、既存の物理法則すら破り、そこからまた無限の熱を引き出した。私達はそれからずっと、熱に浮かされ、終わりのない興奮の中を漂っているのだと思う。何年経とうが、何十年経とうが消えない、めくるめく昂ぶり、それはまさしく、女という存在、そのものであった。

「遠智」

「なんだい」

「僕はさっき、夢の中で、女神の体に触ったよ」

「それは、いいなあ」

遠智と残りの三人は、寝台の周りに集まって、どうであったか、形は、感触は、と私を質問責めにした。私は朧気な記憶を手繰りながら、ヴィーナスの深奥な体の話をした。タチバナに、最初に触ったのはどこだと聞かれて答えた。それは、乳房であった。

数週の後、治療が終わって、やっと退院の運びとなり、その日は遠智が迎えにきたのだが、荷物を持って共に病院を後にすると、玄関を出たところに、中砥が居た。中砥は、あの時の院生の男と連れ立っていて、私の姿を見つけると、困ったように眉を下げ、おどおどとして、悲しそうに目をそらして、どうも退院の報を誰かに聞いたのか、何かをせねばならないという思いで来たけれど、しかし結局私にどう接していいのかわからないらしく、もう見ているだけでも可哀想なくらいに、怯えて、こわごわとしていた。私は少しだけ悲しくなった。ああ、中砥をこうしてしまったのは私なのだ。あの気丈で、毅然とした女であった中砥を、人の顔色を窺うような、こんなにも女臭い女にしてしまったのは私なのだと思えて、一抹の後悔と悲哀が湧いた。けれど、それもすぐに消えた。

二人の前に行くと、男の方が、

「彼女が、謝りたいんだそうです」

と、説明した。中砥の意志をこの男が伝えるのかと思うと、また少し哀しくもあったが、やはりその哀しみも、しゅっと噴いた霧吹きの水のように、広がったかと思うと、すぐに散ってしまうのである。

中砥は恐る恐る顔を上げて、私の顔を見てから、はっとして、目を見開いていた。その時、私がどういった表情をしていたのか、今の私には思い出せない。中砥はなかなか言葉を発せず、何もできないまま、時間と共に切迫の空気だけが強くなっていって、それもまた哀れで仕方なかったけれど、その時、私の本心は、もっともっと別の事を考えていた。

私は、おもむろに右手を上げて、服の上から、中砥の胸に触れた。中砥は、突然のことにびくりと体を跳ねさせ、怯えた顔を見せたが、しかし逆らいはしなかった。

すぐに隣の男が、

「おい、なにするんだ」

驚きと怒りの混じった感じで、私の手を強く払いのけ、中砥の肩を抱いた。私は払われた手の平をじっと見た。中砥の胸に触れて得た感触を、頭の中で反芻し、そして、握り込んで消した。顔を上げて、中砥の横を通り過ぎた。後ろで遠智は、中砥か、男の方か、それとも両方かに向けて言っていた。

「帰りたまえ。彼が、残された右腕で触れる乳房が、こんな陳腐でありふれた、そこいら辺の、誰にでも手に入る乳房でいいはずがない」

振り返らず、遠智に、行こう、と告げた。

こうして私は、人と離別した。

研究室に辞意を伝え、大学に退学届を出し、下宿を引き払った。遠智達に連れられて、川越にある、組織の研究施設へと向かった。入口の看板には堂々と、外資系医薬品企業の東京研究所と書かれていて、一見すると病院か何かのような鉄筋の建物は、街の中に平然と溶け込んでいた。

それから私は、いよいよ何の加減もなく、研究に没頭した。そこでは、遠智を筆頭に世界有数の優れた研究者が集い、豊富な資金と設備があり、何より、枷がなかった。たとえば良識、モラル、コモンセンス、そういった、普通に生きていく上で誰もが必ず付けさせられる手枷、足枷が、その敷地の中においてのみ、鍵を渡され、外された。生まれてから初めて、自由に歩いた気がした。

遠智もまた、彼の真価とでもいうべき能力を存分に振るい、凄絶なまでの結果を出し続けた。彼は「心」を、情報網の中で生み出す、つまり世界の通信体系そのものを媒介にして作り上げるという、まったく新しい理論を考え出した。サーフェイスLANの発達と共に肥大化した情報網の内部とは、混沌と自己組織化が常にせめぎ合い、拮抗する場であり、その境界こそがまさしく自我境界であるとして、情報空間に心を擬似再現し、選別し、最後には理想の心を生むと言った。彼はその魂の海、ガフの部屋を使って、最も美しい女心を掬い上げようとした。そして私もまた、その最高の心を収めるのに相応しい女体を模索し続けた。

質量傾斜理論を煮詰める中で、傾斜荷重を加える次元への干渉は、一つ下の次元ではなく、二つ下の次元からの方がやりやすいことがわかった。奇数次元への干渉は奇数次元、偶数次元への干渉は偶数次元、ということである。傾斜次元に干渉しやすいのは、我々の空間においては二次元の形、つまり平面であることが解り、それは既存のサーフェイスＬＡＮとの相性も良く、大型平面を使った質量傾斜の実用化が始まった。その後の研究で効率化も進み、現在では畳四畳分程度の面積があれば、人間一人分の質量構築が可能になっている。将来的には、手に持てる大きさまで小型化するかもしれない。

ここにきてから十三年経ち、来月、私達はやっと一つの女体を作り出し、そして心を入れる予定になっており、その彼女が私達にとってのイヴなのか、それは今後の検証となるが、だとしても、一つの道程標にたどり着いたことは間違いなく、感慨深い。

実験に先立って、幾人かの人員の補充があった。その内の、若い日本人の研究者は、ニースから組織の説明を受けている最中に、くすくすと笑い出したらしい。ニースは首を傾げて、なぜだろうかと私に聞いてきたので、彼が持っていた、組織の概要書の表紙を指さした。そこに印刷された文字列、一度も会ったことがないような大口の出資者が付けたという我々の組織の名前、「憧れの‐従順な少女機関」(Yearning-Obedient Maiden Engine)、Ｙ‐ｏｍｅ、

「日本語では、嫁と読むんだ」

私とニースは一緒に笑って、それから、まだ見ぬ自分の妻を、想像した。

理想の女性。

それが私の、唯一の、希望である。

あとがき

短い小説ほどの長さの、独白のようなテキストファイル、それの入っていた薄汚れたメモリイを鞄の中にしまいこんで、電車の窓を流れる景色に目を移しました。

そもそも私が、このメモリイと、三枚の紙を手に入れたのは偶然でした。小さな雑誌社で、並製本の安い雑誌を作っている私は、その頃はちょうど心霊現象の特集誌を編集している最中で、紙幅を埋めるべく怪談話を探す途中、あの川越の廃研究所の噂を聞きつけて、三ヶ月ほど前に一度、取材で足を運んだのです。立入禁止と書かれた塀の隙間を抜けると、鉄筋の建物は火事にでも遭ったのか、ところどころが焼け落ちていて、無断で中に入るのは危険なように思えましたが、それでも何かしら原稿の足しになるものを得なければならず、恐る恐る一階を回った時に、隅に打ち捨てられていた机の引き出しから、あのメモリィと紙を手に入れたのです。結局、テキストと写真を怪談雑誌に使うことはありませんでした。その文章や写真自体は、非常に興味を惹かれるものであったのですが、やはり少し長い事と、創作の気色が強過ぎるのもあり、雑誌の色に合わないと判断して、お蔵入りとしたのです。先日、その安雑誌が無事発刊を迎え、やっと時間が取れるようになったので、私は個人的な興味で、もう一度、あの廃研究所を訪れてみようと思いました。

川越の駅前はそれなりに開けており、商店の入った高層の建物がいくつか軒を連ねていましたが、それでも東京の、派手がましい街並みに比べると大分落ち着いていて、自分の故郷でもないのに、なんだか懐かしい気持ちになりました。駅からさほど歩かぬうちに、あの研究所が見えて来ました。前と同じように塀をくぐり、中をもう一度歩きましたが、放置されている廃墟が、三ヶ月で何か変わるわけもなく、奥で、焼け落ちていない扉（社長室、とありました）を見つけましたが、そこも鍵が掛かっていて立ち入れず、結局、新しいものを見つけるには至りませんでした。わかってはいたことですが、やはり多少は残念な気分になり、息を吐いて敷地を出ると、外の道で、じっと塀を見上げているご婦人が目に入りました。その上品なご婦人は、塀の隙間から出てきた私を見つけ、怪訝な顔で眺めましたが、私は何か、勘のようなものに押されて、

「すみません、私、雑誌の編集をしている者なのですが」

名刺を渡して事情を説明すると、ご婦人が話を聞いてくださることになり、私達は近場の喫茶店に入りました。

ご婦人は、年の頃は四十二、三に見えました。また服がぱりっとしていて、なんとも媚のない、凛とした感じの美人でした。

「あの研究所のことについて、何かご存知なのですか」

「いえ、私は何も。ただ、以前に知人が勤めていたことがあったんです。知人といっても、音信不通のようなものでしたけれど……」

少し話を伺いましたが、その知人の方とも、もう十四、五年連絡が付いていないそうで、ご婦人からは、研究所についての新たな伝聞は得られませんでした。そうして取材はすぐに終わってしまったのですが、もう喫茶店に入ってしまったのもあって、私は世間話程度に、あのテキストと、三枚の紙について話しました。するとご婦人は、少し乗り出して、

「そのテキストというのは……」

「え、ええ」

「どんなことが、書いてありましたか?」

私も拾っただけの物ですので、特に隠すでもなく、読んだことをお話ししました。ネットワークを利用して人間の心を作るとか、二次元から人体を作るとか、そういう、小説のネタのようなことが沢山書いてありましたよ、と伝えると、ご婦人は、そうですか、とだけ言って、少し嬉しそうに、けれどやはり寂しそうに、微笑むだけなのでした。

私は鞄からメモリィを出して、そのままご婦人に渡してしまいました。中身はもう複製してありましたので、それ自体はもう不要のものでした。合わせて、あの三枚の紙をお見せすると、ご婦人は集合写真を見て、目を細めました。

「ほら、この人です」

集合写真の真ん中、あの奇妙な印象の少女の隣に立っていた、精悍な男性が、ご婦人の知人の方でした。

「素敵な方ですね」

「ええ」

「昔の恋人さん、ですか？」

悪戯な気分で聞いてみると、ご婦人はまたも寂しげに、微笑むのです。

「この人は、女性がそんなに好きではなかったんです」

「そうなんですか？」

「ええ」

ご婦人は、写真を眺めました。

「本人は、女性が大好きだと思っていたようですけれど……、でも、この人は、普通の人でした。人並みに女性が好きで、人並みに嫌いな、……ただそれだけの、普通の人だったんですよ」

年譜

鳴和六年　竹間財団学術研究助成金により、埼玉県狭山市に人間社会科学研究準備室が置かれる。押坂人之助が中心となり市内に事務所を開設。同時期、狭山市駅前に人間観測所を設置（二坪）。最初の観測所は物置小屋のようなプレハブであった。

鳴和八年　予算が正式に策定され、竹間財団人間社会科学研究所として発足する。初代

人間観測所（狭山）

鳴和九年　専任所長に押坂人之助就任。新狭山に研究所完成。本部を移転する。中央研究三部（社会科学部、世代科学部、ジェンダア科学部）設置。当時はまだ分野の区分けが不十分で、二部・三部兼任の研究員が多かった。財団海外特別事業により、米・ファニバ研究所と国際協力研究開始。以降、研究分野において密接な連携を取ることとなる。順次ブラジル、インドとも協力研究開始。

鳴和一〇年　社会科学部をファニバ研究所に移管（五月）。人間社会科学分野の先鋭を走るファニバ研と半合併する形で、三部のうちの一部を米国に移管した。二部になった余剰を回し、観測研究分野を拡大、埼玉県内に人間観測所を新たに三一設置する。程なく世代科学部もファニバ研究所に移管された（十一月）。新狭山研究所は一部門となる。

鳴和一一年　ジェンダア科学部再編、三部門（男性科学部、女性科学部、両性科学部）に分けられる。男性科学部、両性科学部の人員が不足したが、研究員一二六名が新たに配属され、人数差は一時的に是正された。

川越市小室に四〇〇〇〇平方メートルの独立性観測施設完成。模擬住宅を用いた人工社会系（ソシアルスピア）が作られ、一三八名（男性六七、女性七一）が参加する短期小規模社会性観測実験が行われたが、倫理的な問題により以降は実施されていない。この年、研究所が中心となって第一回人間社会科学学会が東京で開催された（翌年の第二回まで開催）。

小室独立性観測施設

鳴和一三年　理田敦彦入所。後に染色心理論を完成させる理田敦彦は、所長押坂人之助との文通を経て入所した。この際の両名のやりとりは、以降の女性科学分野の飛躍的な発展に寄与した。

鳴和一四年　法人設置法改正により業態変更。竹間財団付組織・人間社会科学研究所（公益研究シンクタンク）となる。研究所の主義として人類の社会的発展寄与、私人の正しい生、社会的平和の条文が掲げられ、以後研究内容の隠匿性が高くなる。理田敦彦、性差性対話相反の初観測（八月）。性別間における情報解釈と伝達の質的不同が初めて有意の事象として観測された。理田情理学が確立す。

鳴和一五年　希望人員の減少により、男性科学部をブラジル研究所に移管。両性科学部をインド研究所に移管。新狭山研究所は女性科学部のみの運営となる。これに合わせて女性科学部の再組織、超高条件時強作用部門が新設される。従来の研究部は外郭部門・内生部門に分かれ、さらにファニバ研究所から生物部門・被覆部門・環境部門・哲学部門が移管。女性科学部一科七部門となる。機を同じく竹間財団を含めた主管組織の再編が行われる。以降研究所管理はY-omeに統括された。予算拡大により小室の旧観測施設敷地への移転が決定。川越研究所の建設始まる（六月）。

鳴和一六年

理田敦彦の染色心理論完成。人間心理は二者以上の存在によってのみ規定されるとした浸透式自我成立を発表した。本論で理田は統計力学も取り込み、心理的に均一な部分である情報相（Phase）が他の形態の相へ転移する概念、〝心の相転移〟を定義した。個体相転移、性差相転移、日常・非日常転移、世代相転移の概念確立。理田情理学の基礎が築かれた。

鳴和一七年

川越新研究所完成。全

理田敦彦（晩年）

鳴和一八年

面移転（四月～五月）。公益シンクタンク人間社会科学研究所は名目上解散し、内部体制を保ったままフロイライン・ヘルスケア東京研究所となる。以降、ほぼ全ての研究内容が非公開化、内部流通のみとなる。

大兄太子、遠智要入所。後の計画を主導する二人の入所によって、川越研究所の研究は大きく舵を切った。またこの年、ロングロウド・アンネセス、オスバルド・タチバナ、ニース・ドーター他、関連分野における海外の主要な研究者が揃って着任し、本年から白飾一一年までの期間が川越研究所の黄金期とされる。大兄太子を主任に外郭部門質量傾斜研究科発足。質量傾斜荷重器

川越研究所

鳴和一九年

テルトロンの建造が開始される。傾斜荷重実験始まる。一グラム体の移動に成功（十一月）。五グラム体移動成功（十二月）。大兄太子、高細密度傾斜荷重器の必要性に関する報告。技術的な仕様と費用の見積を作成。

鳴和二〇年

一キログラム体の移動に成功（一月）。一ピコグラム体の移動成功（七月）。極小単位質量荷重の成功は、前述の高細密荷重装置の理論を裏付けるものであった。予算計上の検討が始まり、次世代傾斜荷重器の計画が動き出す。この年、

初期型質量傾斜荷重器 テルトロン

鳴和二一年

遠智要がトップボトム理論を完成。両極から中間へのアプローチと、中間層から両極へのアプローチを同質とする理論は、その後の自我研究の在り方を大きく変えたのみならず、物理領域へも多大な影響を与えた。量子シミュレイションにより神経網形成過程の部分再現に成功。

制御対生成に初成功。簡易断面積測定によりトップクォーク対生成が確認され、大規模加速器を用いない対生成が初めて実現された。

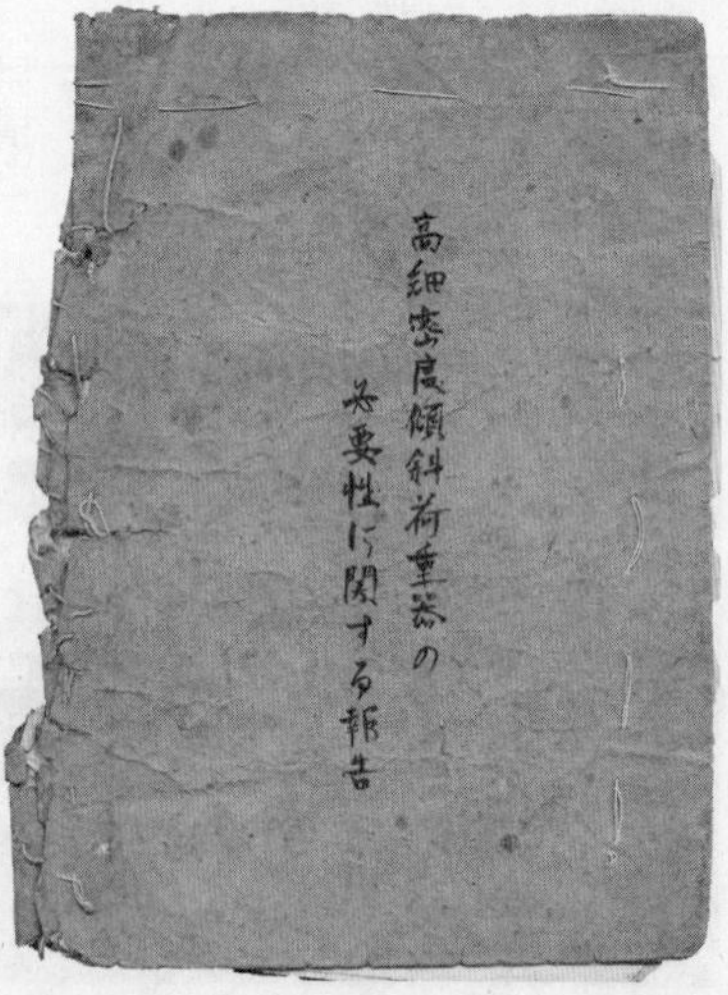

大兄太子による報告書

鳴和二二年

中性子の生成に成功。高精細傾斜荷重装置クリエトロンの建造が開始される（六月）。研究計画検討小委員会設置。二〇年計画が策定された。初代専任所長・押坂人之助退任。二代目所長に理田敦彦が就任。

鳴和二三年（白飾元年）

水素原子の生成に成功（一月）。ヘリウム原子、反ヘリウム原子の生成に成功（六月）。大兄は「理論上どんな重さの原子も生成できる」と語った。またこの年、大兄は２Ｎ構造予測理論を完成させる。これは次元数マイナス二の層からプラス二の層に与える影響を表す理論で、可能範囲を規定する式を用いて正確な挙動予測を可能にした。大兄は蛋白質構造予測に理論を適用し、一次構造からの三次構造予測精度が飛躍的に向上したことを実験で証明した。同理論は蛋白質間相互作用の予測にも効果を上げ、その後の４Ｎ理論の発端となった。鳴和天皇崩御。

白飾二年

クリエトロン完成。傾斜生成実験が本格的に始動する。炭素原子の生成に成功（九月）。窒素原子の生成に成功（十二月）。クリエトロン二号機の着工が始まり、実験規模が拡大される。この年、遠智要は人工知能を用いたシミュレイション実験で自我境界の観測に初めて成功。新たに自我の概念を定義し、以降意識の形成に着手す。

白飾三年　カーボンナノチューブ、ベンゼン環の生成に成功。分子化合物の傾斜生成が進む。遠智要、小規模情報網を用いた自我観測実験を開始。研究所内に作られたＬＡＮをベースに意識形成の研究を進めた。遠智は意識の形成に立体網構造が不可欠とし、その密度と規模によって意識の質が変わるという網心理論を構築した。カナダでグリズリー計画が始まる。

白飾四年　クリエトロン二号機完成。蛋白質（リゾチーム）の生成に成功。トップボトム理論を応用した傾斜荷重法が確立し、中間階層を起点とした物理生成が可能になる。これは構造予測理論との併用によって、主幹の大まかな構造計算のみで細部までの生成を引き出す新しい技術であった。

白飾五年　大兄太子、ポリオウイルスの生成に成功（二月）。以降クリエトロンは、一号機が有機物生成、二号機が無機物生成に分割運用される。リボソー

白飾六年

ムの生成に成功（九月）。この年、２Ｎ構造予測理論の一般化により、次期傾斜荷重器の技術仕様の検討がなされる。新荷重器はマイナス２Ｎ型の平面式が採用された。

大兄太子、大腸菌 *Escherichia coli* の生成に成功。内毒素生産、増殖が確認され、通常の大腸菌と同じ挙動を示した。傾斜荷重器による制御対生成からの原核生物の生成成功、世界初の人造生命創出事例となった。この報を受けて、協力機関のファ

自我観測実験用ネットワーク施設

白飾七年

ニバ研究所よりエイハート・T・カンバイン博士が来日。量子生物学の権威であったカンバイン博士の主導の下、生物構築基礎式部門が発足する。式部門の独立によって実験の進行は加速、以降一一年までの飛躍的な研究進展に寄与した。この時期、研究所員が約一千名に達する。

オスバルド・タチバナ、クリエトロン二号機による合成繊維の大規模生成に成功（三月）。これまでの傾斜生成では最大サイズの生成物となる。服飾品の生成実験を開始。模様の出力成功（九月）。遠智要、自我観測実験をグロウバルネットワーク上に移行（一〇月）。大兄太子、真核細胞の生成に成功（一一月）。次世代傾斜荷重施設サーフェイスの建造が開始される（一二月）。

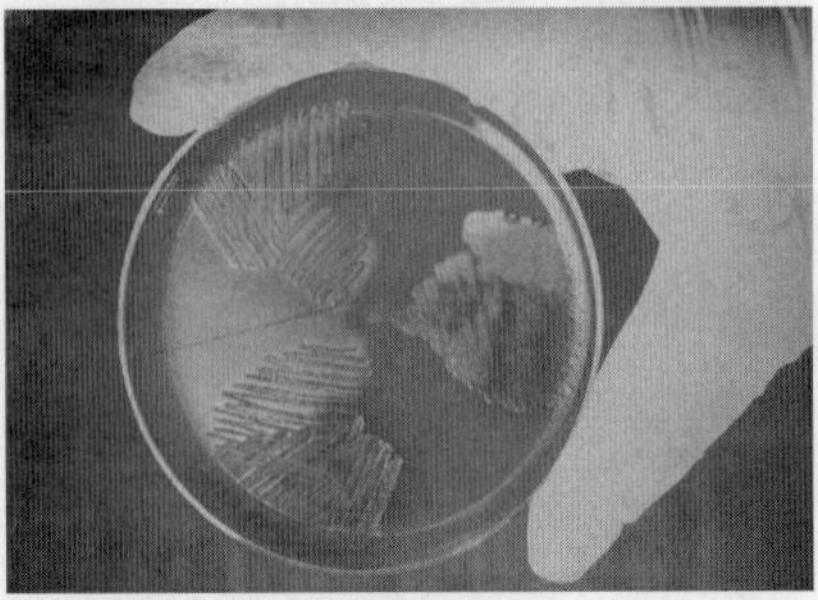

制御生成された大腸菌の増殖

白飾八年
人肝臓の生成に成功。移植実験により機能が確認、創出計画が始動する。上部組織を含めた検討会が開催され、当時の八部門を統合的に検討する総合創出委員会が設置される。この委員会は、生物体としての機能、形状、容姿、被覆服飾、生育環境、自我を含む最終創出型をより具体的に検討した。ドール計画開始す。

白飾九年
平面式質量傾斜装置サーフェイス完成（四月）。ドール計画検討進む。この時期傾斜荷重器の稼働はほとんど無く、理論的な模型や理論的仮定（主に数学的な仮定）を基に女性理論が構築され、蓄積された観測結果と照合しながら、未知の女性像が煮詰められた（理論女性学の確立）。

白飾一〇年
サーフェイスの小型化に成功。従来の四分の一の面積での傾斜荷重が可能になった。ドール計画進行す。ファーストドールの名称決定、『イヴ』と名付く。

白飾一二年

女性創出実験行わる（八月）。サーフェイスによる生体生成と情報網集大意識から取り出された発生自我が組み合わされ（アウェイキング）、人類史上初の人造女性、イヴが誕生した。最初に発せられた言葉は「マスター」であった。

サーフェイス（後期小型）と研究所員

白飾一三年～

（資料喪失、記録無し）

白飾一五年

イヴ消失。これ以降、完全生成を目的としたアウェイキング実験は一時凍結とされ、デバグを主体とする中間アウェイキング*手法に移行する。

白飾一六年

＊中間アウェイキング：模擬生成技術。必要な再現部分以外を、機能に支障の

出ない範囲で代替質と入れ替えて生成する。形成情報は傾斜装置側に残り、コンピュータメモリのように一部だけを呼び出して生成する形となる。模擬構成体は完全構成体より質量・情報量が少ないために分解と再構築が容易になるが、規定の機能範囲の中でしか成立し得ない等の制限が発生する。

（忍海色夫編）

白飾一七年　アルファドール四八体生成。サーフェイスのさらなる小型化に成功。

白飾一八年　ベータドール五二体生成。

白飾一九年　東京研究所で大規模な火災発生。研究棟全焼。ドールによる過失という見方があるが、資料不足の為さだかでない。施設廃棄決定。部門・研究所員の一部はファニバ研究所に移管するも、ドール計画は凍結となる。東京研究所解散。

陰としてのファンタジスタ

谷口悟朗

『ファンタジスタドール』は、データの少女が実体化する、という前提で展開されるアニメーションやアプリ、マンガなどのプロジェクト名です。アニメーションは、ごく普通の女子中学生が『ファンタジスタドール』と呼ばれる少女たちと知り合うところから始まる物語で、それに則したノヴェライズは別にあります。本書『ファンタジスタドール イヴ』（以下『イヴ』）は、アニメーションに付随した物ではなく、本来のプロジェクトから発展した物として企画されました。ここでは、『ファンタジスタドール』という企画が始まった経緯も合わせて、解説を書いていこうと思います。

私は、新しい企画を考える時、これまで携わってきた作品とは違う表現をしたいと考えます。今回は、女の子がたくさん登場する明るく楽しいアニメを作りたいという思いから始まりました。

しかし、それは私が監督をする、という事ではありませんでした。その理由の一つは、私自身に在ります。どうしてもこだわってしまうんですね。設定とか世界考証などに。これは内在する部分だからなかなか変えられない。例をあげましょう。私には『スクライド』という監督作があります。作中で、登場人物が周辺の物質を原子レベルで分解し、各々の特殊能力形態へと再構成する能力〈アルター〉が登場します。私は、その質量がどこに由来するのか自分が納得したいがために、周囲の物質を分解するような映像的演出をしました。そして、それは塵状になって周辺に漂っており、光の屈折によって複数の色が空中に出現しているようにも表現しました。

『ファンタジスタドール』も、エネルギーと質量の問題や、ネットと情報環境の進化などは、世界考証の鈴木さんや脚本家さん達と相談しながらベーシックな物はつくりあげています。ポリティカルな部分も含めて、恐らく視聴者の方が思っている以上に細部まで。

とはいえ、アニメーションとしての『ファンタジスタドール』はあくまで日常を舞台にした女の子が頑張るお話です。私の趣味嗜好でそれを表に出すと、ゆるやかな世界が崩れてしまう危険がありました。

ま、ギリギリのところは探ってはいたんです。GPSが軍事のみで使われていた時には民生的用途はなかったように、最新技術は、存在していても、いきなり一般まで浸透するわけではありませんから。しかし、つくっているうちに噴出する危険はありました。そうなると崩れてしまう。ですから、アニメーションは斎藤監督に、またアプリやマンガなども出来る限り専門の方に担当していただくようにしました。それらは、もともとのコンセプトに沿った形で創作していただいています。

しかし、一方で違う方向性を重視した作品も形にしたいという欲もあったわけです。その時に思いついたのが、野﨑まどさんにノヴェライズを依頼することだったんですね。野﨑さんの作風で、あえて違う切り口を見つけよう、と。

ここで、私が考えるメディアミックスについて少し書かせてください。一口に〝メディアミックス〟と言っても、どういうスタンスに立つかによって全く考え方が異なります。

自作に《コードギアス》というシリーズがあります。これは、アニメが主軸となる作品です。その中でも、第一作の『反逆のルルーシュ』が中心にある。そのうえで、マンガや小説、ゲーム、舞台などに派生していく、という考えです。

一方で原作物の場合は原作が中心になります。その場合のアニメは派生物です。また、オリジナルアニメであったとしても作品ソフトではなく別の商品が中心になる物もあるでしょう。プラモデルやゲームが中心にあって、アニメなどはあくまで認知度を高めるツールである、という発想です。そういう意味では映像は強いですね。現在もそのコンテンツが現役であるという名刺的な役割は大きい。

では『ファンタジスタドール』の場合はというと、冒頭にも少し書いたように、プロジェクトそのものが中心にあるという発想です。アニメも含めて、『ファンタジスタドール』という大枠の中で、スタッフが各々の得意分野を活かした作品、コンテンツが複数あることが望ましい。もともとそれは私が思うメディアミックスの理想の一つなんです。今回、初めてそれに挑戦できる機会が与えられたことに感謝しています。初めて、というのは、立案時のコンセプトと内在する嗜好問題が対立しそうな時が初めて訪れたという理由からですね。

ちなみに、ノヴェライズの傾向は大きく二つにわかれます。アニメーションの世界観、舞台設定に準拠した作品と、設定に共通した部分を持ちつつ独立したフィクションとしても成り立つ作品です。前者だけでは、従来のアニメの視聴者層のみを中心としたプロジェクトになってしまい、それ以上の広がりを持たせられない。

野崎さんにお願いしたかったのは、先に述べたとおり後者。『ファンタジスタドール』の世界が持っている別の側面を形にすることでした。それはもしかしたら『ファンタジスタドール』の陰の側面、闇の部分かも知れません。ただ、一つの事象を片面だけから見るのではなく、位置を変えるだけで全く違う景色が見えてくる――そうした効果を、野崎さんのノヴェライズで見てみたかったのです。『ファンタジスタドール』のノヴェライズが野崎まどで、版元は早川書房という部分に驚かれた方も多いと思います。しかし、やるにはそれぐらいの方がわかりやすい。

こうした経緯があり、野崎まどというフィルターを通すと『ファンタジスタドール』がどう見えるのか、私自身もとても楽しみにしていました。

野崎さんとはお互いにSFが好きということもあり、山田正紀さんの『幻象機械』(中公文庫)のような物語にするのはどうか、といったような話もしました。ヴィクトール・E・フランクルやマーク・トウェインの話もしたかもしれません。こちらからお願いしたのは、理想的な女性を作りたいという夢に囚われた男性たちの研究から、日本の軍事や流通を一変させかねない技術が誕生したという大きな流れは残してほしいということだけで、『イヴ』の物語は野崎さんを信じてお任せしたものです。

これ以降、『イヴ』の物語の展開に触れているのでご注意ください。

『イヴ』はファンタジスタドール誕生のきっかけになったプロジェクトの中心になる二人の男性、大兄太子と遠智要の物語になりました。互いに人間として欠けている部分を持つ彼らの物語が、友情に繋がっていったことを不思議に思う方もいるかもしれませんが、私は必然性を感じています。

よく指摘されているように、アニメに男性の主人公が出てきて、傍に女性の人物が出てきたら、ふたりにはカップルになってほしいと受け手は思う。それは生殖、子孫を残したいという人間の本能が影響しているからです。

友情も同じで、人間が集団の生き物だからか、『ファンタジスタドール』のように主人公の傍にいるのがデータであっても、意思を伴った交流があれば、受け手はそこに友情があるように見てしまいます。データだけではなく、『鉄腕アトム』ではロボット、『ドラえもん　のび太の恐竜』では広い概念で動物、『E.T.』では異星人……。友情は我々が望んでいる理想の一つであり、まして人間として欠落した部分を持つ彼らの間に、互いを補完するような友情が生まれるのは自然な流れです。

『ファンタジスタドール』は、女の子の世界での友情を中心にするために、極力男性の登場人物を出さないようにしています。対して、『イヴ』は——これは結果論ですが——男性の友情を描く形になった。野崎さんは、友情というテーマで上手く『ファンタジスタドール』の両面をカバーしてくれました。

それ以外にも、個人的に楽しみにしていた要素も三つほどあります。

まず、大兄が隻腕になるのかどうか。野崎さんと相談していたシーンの一つだったのですが、大兄が女性の体を作るという途方もない目標のために、大きな犠牲を伴ってでも前に進むという姿勢を示す展開として効果的な表現になっていると思います。

二つめは、表現の方法です。映像、芝居では、心理表現を人物の外に表してこその演出だと考えます。表現したい事物、展開がどんな絵になるのか、動きを伴った芝居として成立するか、というふうに発想していきます。たまには、周囲を爆発させてみたり。外側にアウトプットされる形のほうが、媒体の特性としてお客様にも伝わります。

ただ登場人物の心情を伝えようとすると、キャラクターがひとりひとり出てきて、自分の心情を歌い上げるような、オペラの形式にせざるを得ないときがあります。アニメにその方法は不自然なので、心情表現は難しい。

対して野崎さんは、登場人物の心理表現として、人物の行動が適しているのかどうか、という発想をしていく。その違いが面白いですね。人物の心情に重きを置いて表現するには、小説は心情表現に特化した良い媒体なのです。その特性に沿った判断をしたという事は、野崎まどという人は明確に『小説家』なのでしょう。どの表現がいいとか悪いとかではなくて、媒体の違いによる発想や優先順位の問題なんです。ここを大事にしないと、メディアミックスに意味はありません。

そして『イヴ』の大きなテーマでもある、女性の体の扱いについて。大兄の母親というモチーフを使うのか使わないかは、重要な選択です。母親という存在は、男性からすると最も身近に感じられる女体、異性です。だからこそ、とても生々しい存在でもあるので、野崎さんがどのようにそれを処理するのかは気になっていました。

結果は、みなさんの前に提示されている通りです。『イヴ』は『ファンタジスタドール』の闇の部分の物語ではありますが、ドールたちに繋がっていく以上、そこに〝品〟がなければならない。野崎さんは『ファンタジスタドール』という世界の持つ意図をくみ取って、ともすればリビドーが剝き出しになりそうな大兄の物語を〝品〟を持って書いている。

野崎まどらしい「挑戦精神」と「節制されている雰囲気」。お願いしてよかった。

大兄や遠智は人間としては理想とされる存在ではないのかもしれません。ですが、世の中はそうした人間が変えていくと思いませんか。

書いてきたとおり、アニメに携わっている私自身も『イヴ』には驚きが多くありました。

そうした発見こそ、多様な分野の方に作品を託している喜びです。様々な形のメディアミックスがありますが、共通しているのは、複数のクリエイターが携わることで新しい作品の切り口が見える嬉しさ。

それは私だけではなく、プロジェクトに関わる多くの方々にとっても、ひじょうに喜ばしい発見と言えるでしょう。読者の皆様にもそれが伝われば何よりです。

二〇一三年九月二日

本書は、書き下ろし作品です。

■本文引用
谷川俊太郎詩選集 1 （谷川俊太郎　2005　集英社）
　『二十億光年の孤独』

■写真
© あぷりこ / PIXTA(ピクスタ)
© 町田たかし / PIXTA(ピクスタ)
©konzeptm - stock.foto
©terex / PIXTA(ピクスタ)
©emile araje - stock.foto
© 旅人 / PIXTA(ピクスタ)
©Monika Wisniewska - stock.foto
©bst2012 / PIXTA(ピクスタ)

know

野﨑まど

超情報化対策として、人造の脳葉〈電子葉〉の移植が義務化された二〇八一年の日本・京都。情報庁で働く官僚の御野・連レルは、あるコードの中に恩師であり稀代の研究者、道終・常イチが残した暗号を発見する。その啓示に誘われた先で待っていたのは、一人の少女だった。道終の真意もわからぬまま、御野はすべてを知るため彼女と行動をともにする。それは世界が変わる四日間の始まりだった。

著者略歴　東京都生，著書『[映] アムリタ』『2』『独創短編シリーズ 野﨑まど劇場』『なにかのご縁』『know』（早川書房刊）他

HM=Hayakawa Mystery
SF=Science Fiction
JA=Japanese Author
NV=Novel
NF=Nonfiction
FT=Fantasy

ファンタジスタドール イヴ

〈JA1130〉

二〇一三年九月二十日　印刷
二〇一三年九月二十五日　発行

（定価はカバーに表示してあります）

著　者　野﨑まど
発行者　早川　浩
印刷者　青木宏至
発行所　株式会社早川書房

郵便番号　一〇一 - 〇〇四六
東京都千代田区神田多町二ノ二
電話　〇三 - 三二五二 - 三一一一（大代表）
振替　〇〇一六〇 - 三 - 四七七九九
http://www.hayakawa-online.co.jp

乱丁・落丁本は小社制作部宛お送り下さい。
送料小社負担にてお取りかえいたします。

印刷・株式会社精興社　製本・株式会社フォーネット社

Printed and bound in Japan
ISBN978-4-15-031130-8 C0193

＊本書は活字が大きく読みやすい〈トールサイズ〉です